第三部物語

鶴賀イチ

歴史春秋社

目次

第三部物語

（一）

羽化の春

三月半ば、会津はまだ半分雪の中。光が多少和らいだとはいえ、オーバーを手放すにはまだ早い。だが、ヒナコはいま水色のスプリングコートに身を包んでいた。隣に立つ静子もまた、淡い黄色のコートを纏っている。春色のコート、初めて袖を通した服、履き慣れない踵の少し高い靴、いずれもぎこちなく面映ゆい。長年包まれていた紺色の制服から、ほんの少し前に解き放たれたばかりの身。体も心もおぼつかない。

そんな羽化したばかりの二人が、今日飛び立つ。

会津若松駅には、赤とベージュに塗り分けられた「急行ばんだい」が待っていた。

プラットホームにはすでに友人たちが待ち受け、二人の登場に「ヒナちゃーん」「シーちゃん」と駆け寄ってきた。二人の歩みに合わせて少女たちの波が揺れ、列車に席を定めれば車窓にと少女たちの声と姿が弾けては集まる。まるで、万華鏡の花模様。

「元気でなっ」

「お互い、頑張んべな」

「手紙書くから…」

昨日までヒナコが友人たちの見送りにかけていた言葉が、束になって自分にかけられている。今主役となってしまっている我が身に、こそばゆいような、何処か痛くて酸っぱいような思いが入り混じる。

昭和四十三年三月十五日、高校を卒業したばかりの二人が、いま会津から旅立とうとしていた。ヒナコと静子に限らずこの春卒業の若者たちは、別れと出会いを分ける三月という季節のせいばかりではなく、時代そのものの交差点に立っていた。

戦後のベビーブーム、団塊の世代と言われた子どもたちが、この年の卒業者をもってその団塊世代を閉める。そして、もう五年程しか続かないとはまだ知る由もない、高度成長期の社会に飛び込んでいくのだ。

何かが変わる。何かが動く。

今停車している「急行ばんだい」は、その支点であり始点なのかも知れない。

ピピー　ピピピー
駅員が発車の予鈴を吹いた。

途端に、万華鏡の花模様が乱れた。まだ少女のままの感性はそのまま大粒の涙となり、それぞれの若い素肌を滑り落ちる。子どものように顔を崩し、泣くことを憚《はばか》らずに泣く。そんな昭和のシチュエーション下の少女たちにとって、おそらく今が素直に涙を流せる最後なのかもしれない。

少し遠くに、担任だった先生の顔が見える。先生は教え子たちの青春の日の惜別に、まるで一遍の詩を口ずさんでいるかのようにも見えた。

一方ヒナコは、まるで戦場に赴く出征兵士のようだと、ふと思った。ある意味そうかもしれないと思いながら、その目に映る光景も、こぼれそうな嗚咽をこらえている自分も苦痛に思われた。その一方で、しがみつきたいほど離れがたい思いに襲われながら、ヒナコは早く列車が動き出してくれればいいと願った。

そんなヒナコの戸惑いと同じように、列車にも時代の戸惑いが見られた。

集団就職列車が始まったのは、昭和二十九年のことだった。太平洋戦争終結から九年、連合国最高司令官総司令部（ＧＨＱ）による占領下から開放された二年後のことである。翌々年の昭和三十一年からは専用列車となり、発車前に始発式が行われて生徒代表が挨拶を行ったりした。

それは、中学卒業者が「金の卵」とも言われた時代のことである。

高校卒業者が増え始めた昭和四十三年にはその影を薄くしていたが、ヒナコの乗る「急行ばんだい」は僅かにその面影を残していた。完全なる就職列車でもなければ完全なる普通列車でもなく、様々な用向きの人々を乗せながらも半分に就職列車の名残があった。

その僅かなためらいの中に「蛍の光」の曲が流れ、電車はゆっくりと滑り出した。

速度に合わせて友が走りくる。ヒナコと静子は窓から身を乗り出して、ちぎれるほどに手をふった。

昭和の真ん中を、二人を乗せた電車が走り出した。

電車が速度を増して故郷を振り離せば、ヒナコの思いは故郷へと逆流する。抑えようとしてもこらえきれない一度堰切れた涙は、とめどなく流れて少女の肩をふるわせる。静子とヒナコは一言も言葉を交わさず、互いの思いの中に互いに埋もれていた。

「あっ、ばんだい山だ」

子どもの声に顔を上げると、雪を抱いた磐梯山が、雄大に、そして美しい姿でヒナコを見ていた。涙がまたあふれ出る。

その涙の目で、ヒナコは心に誓った。

「志を果して、必ずまたこの景色を見る」と。

（一）羽化の春

上野駅は夕闇に包まれていた。

同級生の多く、また東北出身者は、ほとんど上野駅を終点として東京近辺にとどまる。しかし、ヒナコたちにはここはまだ半分。ここからもう半分の旅が待つ。東北人にとっては、ある意味境界線を越えて未知のエリアに足を踏み入れる感がある。

「ここや、ここや。こっちや」

ヒナコたちの高校に来て色々説明してくれた見覚えのある顔、その藤田が額に汗をにじませて手招きしている。ここで確実に二人を拾わなければならない責務がその顔に漲《みなぎ》っている。ヒナコと静子は藤田の顔にほっとして、緊張した手に荷物を握りしめた。

東北勢を集め数十人を引率する藤田の後に従って東京駅に移動し、東京駅から東海道本線に乗り換えた。昨日から合流している青森や秋田県勢は結構打ち融け合っているように見えた。トランプをしたり笑い合ったりしていたが、ヒナコも静子もまだその輪の中に入ってはいけなかった。

心の中の水分が、まだタプンタプンと波打っている。ヒナコは列車の窓に額を寄せ、自分の輪郭の中に点在する街の灯りが走り去るのをただ見つめていた。

中学三年の修学旅行は東京で、高校は京都や奈良に行った。その時はバスで、クラスメートたちとの旅にはしゃぎ華やいでいた。だが今は、方面は同じでも感情は全く異なる未知への旅だ。そんな様々を思いながら、頭の中の一点だけは冷めていたような気がするが、いつしか睡魔がヒナコを闇の中に引き込んでいった。

ざわざわとした周囲の様子に目を開けると、引率の藤田が岐阜駅の近いことを知らせ歩いていた。腕時計に目をやると、日付は変わって明け方の五時を少し回っていた。ヒナコは、身の回りのものと気持ちを整えて列車が止まるのを待った。

五時三十七分、藤田に引率された一行は岐阜駅に降り立った。

初めて立つ岐阜の街はまだ眠りから覚めやらず、モノクロ写真のように動かなかった。会津より一足も二足も早いはずの春は、思いの外寒々としていた。その冷ややかな朝の景色の中、ヒナコはいささか挑戦的な目をしていた。

昭和四十三年三月、この時岐阜の街には全国各地から何百人もが足を踏み入れていた。さながら、山の上高くにそびえる岐阜城を落とせとばかりに攻め入る、戦い人の群れのようであった。

少女たちの足元は、いずれも二足の草鞋。一方に学生、もう一方に女工、働きながら学ぶという覚悟に包まれた出で立ちであった。

その少女たちを各紡績会社が受け入れ、そしてヒナコは今、就職先である岐阜県各務原市の紡績工場に向かう。

昨日の朝からかれこれ六百キロも隔たる、岐阜の朝が次第に明けていく。

布陣

まだ明けやらぬ早朝四時、「長良紡績会社」の事務室に明かりが灯っていた。

工場長の坂井は、身支度を整えて事務室の椅子に座り、黙って一点を見つめていた。

そして、やがてブルッと武者ぶるいをした。

「今日で全員が揃う」

九州方面からはすでに多くの若者が到着し、東北地方からの新入社員を待つばかりだった。

藤田から岐阜駅に着いたと電話が入り、坂井は「ふぅっ」と息をついた。
「ようやく」と思いながら、「いよいよ」と身が引き締まる。次第に明けていく空に目を向けながら、坂井はここに辿り着くまでの無我夢中で駆けて来た日々を思い返していた。

金華山を住処《すみか》としているのでもあろうか、ジージージリジリとアブラゼミの声が窓から入り込む。岐阜商工会議所の繊維業部会では、その蝉の声にも勝る熱い論議が交わされていた。

繊維業界は、慶応三年薩摩藩に生まれた紡績工場に始まり、明治期には「殖産興業」として重視された。昭和八年には大英帝国を抜いて日本は世界一の綿布輸出国となり、その後も順調な成長を遂げて昭和四十年代には合成繊維の黄金時代に突入していた。だが、その華やかな時代の裏側には大きな課題があった。支える労働力である。岐阜の商工会議所繊維業部会においても、最重要課題であった。
「いつまでも中学卒業者の労働力に頼る現状じゃ、繊維業界の将来性はありゃせんよ」

「いまや世の中は、大半が高校に進む時代や」

「そやなぁ、高卒者を迎え入れなければならん時代や」

「けど、高卒者は二次産業を好まん」

二次産業の中でも、特に紡績工場と言えば、明治以来の貧困と労働の過酷さが想像され、糸屑と結核といった暗いイメージに結びつけられてしまうのだ。


大正十四年に刊行された細井和喜蔵による『女工哀史』は、機械工であった和喜蔵と、妻としをの女工体験を通したルポルタージュで、紡績工場での女子労働者の過酷な生活が克明に描かれている。この後も「女工哀史」は過酷な労働の代名詞ともなるほど、近代化された今もなかなか人々のイメージを払拭させない。

また、山本茂実による『あゝ野麦峠ーある製糸工女哀史』が、皮肉にも昭和四十三年には世に出ようとしていた。紡績業界は、ブラックともグレーの企業とも言われ兼ねない。そんな中で、繊維業界はもがいていた。

「高卒者には好まれんかぁ。それでも切り替えんといかんしなぁ」

「どうしたら、切り替えられるやろなぁ」

みんなが、無言の中に頭を抱える。

昭和二十年太平洋戦争での敗戦後、サンフランシスコ平和条約締結までの七年間を、日本はアメリカをはじめとするＧＨＱの占領下に置かれた。そこから独立して新生日本として歩きはじめて十五年が経つ。そのまだ十五年という短期間の中に、生真面目な日本人は必死で国の再生を図り、日本経済は年平均一〇％以上の経済成長を遂げるという高度成長期の中にあった。


そうした産業の拡大に伴う人員は必至で、いつまでも中卒者の労働力に頼っていては岐阜県繊維業会の将来性はない。何としても、女子社員の拡大を図らなければならないという状況に迫られていた。

しばらくの重い空気を破って、長良紡績の工場長坂井が口を開いた。

「中卒者が減り、高卒者が増え、次に若者が目を向けるのは大学や短大やないやろか。そやけど、今まだそこに進める者は少ない。ことに女子となるとなおさらですわ」

「はっ、なんのことや」

「なに言うとんの。学校の話やあらへんやろ」

皆が訝《いぶか》しげな顔をする。

「あ、すんません。つまり、女子の高校卒業者が次に求める短大と連携をすれば、その進学を目玉に高卒者が集まるんやないやろか、いうことですわ」

「あぁ、ほうか。そういうことか」

「なるほど。一理あるなぁ」

坂井の提言に、皆が頷く。

しかし、言うは易いが行うは難い。普通の昼間に学ぶ学生と、二部と言われる夜間に学生が通う制度はある。しかし、日本の国に二交代制の会社に勤めながら短大に行けるなどと、そんな都合の良い制度など無い。

「考えはいいが、まぁ無理な話やなぁ」

「坂井くん、こりゃぁ難しい話や」

腕組みする者あれば、目を閉じたり天井向いたりする者有りして、他になにか策はないものかと思考を巡らせている。

　アブラゼミが、先程にも増してジージーと鳴く。それが邪魔するとは言い訳になるが、繊維業界を救う手立てなど頭に浮かんでこない。

　そんな人々をぐるりと眺め回して、坂井があっさりと言った。

「無いならば、作ればよろしいんやないやろか」

「なんやて」

「短大をか？」

「わしらで短大を作るんか？」

「そりゃぁ、無理な話じゃろ」

「そんな金も知恵もあらへんがな」

　皆が首をひねる中、更に坂井が言う。

「餅は餅屋ですがな。わしらじゃのうて、短大に作ってもらうようあたってみませんか、いう話ですわ」

「ほうか、その手があるか…」

「けどなぁ、そんな都合よくいくもんかいな」

「国の制度を動かすっちゅう事やぞ」

「こりゃぁ、難しい話や」

「でもなぁ、他に方法も見つからんしなぁ」

「やってみるのも、一つの手かもしれませんな」

「そやなぁ、戦後四十年、この国はまだ柔らかい、動いてみよか」

上流から流れ集まった長良川の水のように、それぞれの考えはうねり出した。結果、

「坂井くん、君が中心になってこの話を進めてくれんやろか」

となった。

そして、会議は一縷の希望を、坂井と賛同した若い数人に託されて散会した。

この時、坂井は四十六歳。一会社の一工場長という立場でありながら、繊維業界の未来を掛けた大決断、その大仕事に取り組むことになった。

これからの社会とこれからの女子に最も望まれる職業といえば、保育所や幼稚園、家庭科の先生などの資格ではないか。それらを得ることのできる既存の短大の中に、昼間

でもなく夜間でもなく、女工たちの二交代勤務体制に合わせた制度を作ることに、坂井は他社の数人と共に奔走することになった。

いくつかの短大を歩き繊維業界の思いを伝えると、岐阜市内の仏教系の短大と関市にあるキリスト教系の短大が、繊維業界の熱い思いを受けて一緒に動いてくれることになった。

だが、熱意だけでは通用しない。短大との受け入れ等の協議、文部省への要請、会社内部の調整、問題や課題は山とそびえる。その一つ一つの山を、登り崩していかなければならない。

ことに、単位の履修については、坂井たちは門外漢で、ここは短大側が積極的に文部省と検討を重ねてくれた。

そんな奔走の日々が流れ、こうした動きは西側他県をも巻き込んだ潮流となり、そして「二交代制の勤務に合わせながら学び単位が取れる」という制度の創設に、ついに行き着いた。

昭和四十二年九月二十六日、短期大学「第三部」の設置基準が、文部省の大学設置審

議会短期大学部基準分科会において決定した。

繊維業界の熱意と短大側の誠意が、国を動かしたのである。

その知らせが坂井の元に届けられた時、まさに「一念岩をも通す」、坂井は両の拳を天に突き上げた。

だがその喜びは一瞬として、今度はその受け入れ準備に奔走する日々が始まった。

果たして、高卒者が振り向いてくれるのか。

北は北海道、南は鹿児島の島々まで、各繊維会社は全国の高校に求人を掛けた。だが、紙一枚では岐阜県繊維業界の、また会社の熱い思いは伝わらない。その新制度の説明に、藤田たち数人を各県の高校へと飛ばせた。

そして、この繊維業界の大博打とも言える取り組みは、見事にあたった。各会社の求人を満たす、全国から多くの応募が届いたのである。

時代の貧しさ、女子の向学心、紡績会社の人員獲得、その時代の求める空白に、「働きながら学ぶ」という一ピースはピタリとはまったのである。

会社内部も、会議に会議、打ち合わせに打ち合わせを重ねた。

紡績会社はなるべく機械を休ませず、男性はこれを三交代制で二十四時間回し、女子は二交替で早朝五時から夜の十時半までを稼働する。

早番は朝五時から午後一時四十五分まで働き、午後三時から六時までの授業が受けられるように学校へ向かう。反対に遅番の時は九時から十二時までの授業を受けた後の、午後一時四十五分から夜の十時半まで働く。そうした、二交代勤務に合わせた仕組みを整えた。

そして皆が同じ環境下で同じ意識を持って働けるよう、「働きながら学ぶ者」だけに採用を絞った。寮母は学生たちの気持ちがわかるようにと短大卒業者を採用して当て、勤労学生のための寮の整備、学習室や図書室、ピアノの練習施設も作った。また、プールやテニス、バレーコートなどの新設整備など万端整えた。

だが短大は普通二年のところ三年としたものの、資格を得て卒業すれば皆会社をやめて行くに違いない。それでもいいのかという迷いもあった。だが、中卒者から高卒者への切り替えが出来、三年で人が入れ替わっても、安定的な人員の確保が図れる。それに、資格を持って働く女性を育てるという、社会貢献もできるはずである。また、働く女子側にとっても、二年では短く四年では長く、三年という年数はちょうどよい期間だったのかもしれない。

いよいよ、事が動き出す。

その時が来たのだ。

坂井は、抑えても不安が押し寄せる。だが、不安以上に、期待のほうが坂井の胸を膨らませていた。

始まりの一歩

二の七号室と書かれた部屋の前に連れて行かれたのは、朝の六時を少し回っていた。岐阜駅から、迎えの会社のバスで何処をどう走ってきたのかわからないままにここに着いた。

工場の全貌は見えないが、とにかく広い会社の敷地の東に、鉄筋三階建ての寮が二棟、少しの間を置いて横並びに建っている。一つは「青葉寮」もう一つが「若葉寮」という。ヒナコと静子は手前にある「若葉寮」に案内され、玄関を入るとすぐにバラバラに分けられた。寮は各階七部屋ずつで、静子は一階、ヒナコは山形から来たという少女と二人、二階の一番奥へと導かれた。

寮母だと紹介された女性の後に従いながら、同じ東北とはいえ方言の違う二人は、遠慮がちに「よろしく」とだけ言葉を交わし合った。

「はよう、こっちへいりゃぁ」

寮母の増井が二人を手招き、もう一方の手で二の七号室のドアを気ぜわしく叩いた。

少し乱暴にも聞こえてビクついたが、「こっちへいりゃぁ」は「こちらにおいで」という意味の方言らしい。初めての岐阜弁の洗礼だった。

寮母は、起こされて急いで身繕いを整えたばかりの三人の少女に向かって、二人を簡単に紹介すると「じゃぁ、次の人の案内があるもんでねぇ」と、忙《せわ》しく去っていった。

二人は寮母の増井の後ろ姿にお辞儀した後、ぐるりと部屋を見回した。十二畳ほどの部屋には一軒押入れが三つ付き、窓際に電気炬燵が一つポツリと置かれていた。

「こっちにおいでぇな」

寝ぼけ眼ながらも笑顔で手招きする三人に、ヒナコと夏子は炬燵に誘われた。

「ウチら、昨日着いたんよ。ウチ、山本ヒデ子。佐賀から来たとよ」

「ウチは、鹿児島の指宿。竹田幸恵《ゆきえ》、よろしく」と、首を傾げてニコっと笑う。

「ウチは福岡、池田幸子。よろしゅうね」

テンポの速いお国言葉でそれぞれ名乗ると、後から来た二人の自己紹介を促した。

「佐賀？　鹿児島？　福岡？　」それぞれが、地図でしか知らない地域の人達だ。その南の国の人達は自分を「ウチ」と言い、自分のお国言葉でぽんぽんと話す。ふいに、「東北の出身者で、言葉のコンプレックスで自殺した人がいる。お前たち、そんなことで死ぬなよ」

高校の先生がそう話していたのを、ヒナコは思い出した。

「東京から来た人が言ってたぞ。会津のかわいい女子高生が、自分のこと『オレ』っていうのには驚いたって。いいかぁ、都会に出たら『私』っていうんだぞ」

そう半分笑わせながら、半分真面目に話していた事も思い出した。ワタシは公用語かも知れないが、会津では女子もオレが日常語だった。…でも、「ウチ」という表現は聞いていなかった。先生の話は東京までで止まっていたのだ。

ヒナコは「ワタシ」でも「オレ」でもない「ウチ」に戸惑いながら、「オラは、九州の人のように自信を持って会津弁ではやっぱり話せねぇな」と、少々臆せている自分が情けなかった。だが、「しかし、東北の誇りを、会津の誇りを失うな」と言った先生の言葉も思い出していた。そして、少し顎を上げた。

「ワタシ、結城ヒナコ。あのなッ、福島県の会津から来たの」

使い慣れない「ワタシ」が恥ずかしくも、会津弁と標準語の入り混じった言葉で緊張して自己紹介をした。

「へぇ、会津弁って可愛いんやなぁ。『あのなッ』って…」

九州勢が珍しげに「あのなッ」を復唱している。

一緒に来た少女は「ワタシはのう、石橋夏子。山形から来てのう」と、どうやら同じように「ワタシ」は使い慣れていないらしく、また「のう」をつけるのがその地方の方言らしかった。

また九州勢が、「のう」が優しく柔らかいと感心している。

—先生、死ななくて済みそうだよ—

ヒナコは、先生に笑ってそう報告したかった。それぞれがそれぞれに興味と関心を持ち、いち早く五人を打ち解けさせたのはそれぞれの方言だったのだから。

一通りの自己紹介が済むと、早速にそれぞれの呼び名を決めようということになった。まだ高校生の余韻を引いて、ニックネームを決めようというのである。いや、正式にはまだ高校に籍がある。三月がまだ少し残っているのだから。そんな、まだ高校生のノリだ。

「夏子ちゃんは、色が白くて、何やウサギに似てへん？『ウサちゃん』がいいやん」

ボーイッシュなショートカットのヒデ子が、まずそう言った。

「あぁ、似てるかも。ウサちゃんってかわいいね」

まず、夏子の呼び名が決まり、「ヒデ子ちゃんは、ボーズはどうねん」と幸恵が笑って言う。すかさずヒデ子が「いくら髪が短いからってボーズはないやろ。せめて、ボーイくらいにしとってえな」といい、みんながどっと笑った。そして、ヒデ子には「ボーイ」のニックネームが与えられた。

もうこの辺までくれば、東北も九州もない。なんだかずっと前から一緒にいたような感覚だ。

「幸恵ちゃんは、鹿児島から来たから『シマちゃん』はどうね？」

「うん、いいね」

幸恵がすんなり受け入れ、次に
「私はサッコ、ずっとそう呼ばれてんの」

幸子が自分から申し出た。

「でもな、ずっとおんなじじゃ面白くないやろ。新しい出発なんよ」

「そやな、あんたお目々がクリクリしてるからクリちゃんでどうや」

その意見に幸子はぷ～と頬を膨らましてから、大きな目をくるりと回して「そうぉ」と同意して「クリちゃん」に決まった。

最後はヒナコの番。どんなニックネームになるか、ちょっと胸がときめいた。

「ヒナコちゃんは…、北国から来たのになんや南っぽい顔してるなぁ。『ミナミちゃん』もいいと思うけど、ちょっと長いか」

「ヒヨヒヨは？」

「それじゃぁ、ヒヨコみたいやろが」

「なら、『ヒーナ』はどう？」

「うん、いいね」

ヒナコは「ふ～ん、ワタシは南の人っぽい顔なんだ」と驚きながら、「ヒーナ」のニックネームを受け取った。

そうして呼び名が決まると、今度は互いの知らない故郷のことを話し合い聞き合った。

それぞれのお国言葉が、箸が転がってもおかしい乙女心をくすぐる。珍しくて、おかしくて、楽しい。

昨日まで全く知らなかった空間で、知らないお国の知らない人と出会い、今知り合って笑っている。ヒナコの胸の中で、不思議な感覚がふわりふわりと舞っていた。

「ふ〜ん、いいカンジ!」

昨日旅立ちに流した涙は、胸の奥にスーッと仕舞い込まれた。

二、三日は、荷物の整理をして過ごした。
「ウチの隣、ここがヒーナのお城やよ」

押入れの半分を、シマちゃんが指差す。

一間襖の半分、三尺の押し入れ上下段が一人の持ち分。確かに、ここだけが個人の城だ。しかし、下の段はほぼ布団に占められる。

上の段に教科書も着替えも洗面用具などの日常用品もすべてここに収めなければならない。まず、この狭い自由空間をうまく使いこなすことが、ここでの暮らしの基本かもしれなかった。

「新入社員は、集会室に集まってください」

荷物が落ち着いた頃を見計らったように、アナウンスが響いた。入社式である。入社式といってもスーツに身を包むほどの緊張したものではなく、少しだけ気を使った私服に過ぎない。

これだけの人が何処に収まっていたかと思うほどぞろぞろと、新入社員が緊張の面持ちで集まった。

スーツに身を包んでいるのは社長のみで、他の社員は浅葱色の作業着に身を包み、皆きりりとしてピリリとした空気に包まれている。

入社式は社長の訓辞に始まり、工場長らの話へと続いた。

中学や高校の入学式とは、感覚も意識も形も全く違う。これまでの学校生活に金銭を意識することはなかったが、ここからは会社にもヒナコたちの身の上にも金銭が動く。例え、学生と社会人の半身ずつをこなす身であろうと、この会社においては全身が社員。ヒナコたちはプロの女工にならなければならない。

そんな意識が、みんなの表情に見える。

多分、それが高校生から社員、大人へと向かう最初の意識だった。

入社式が閉じられると、それぞれの仕事に振り分けられることになった。

ほんの数えるほどの男子は工業高校を卒業してきたらしく、機械操作や染色関係についた。男子は進学はせず、二十四時間を三交代制で回すことになっている。数少ない男子は、すぐにそれぞれの職場見学へと向かった。

女子だけが残ると、事務服を来た女性が二人前に進み出た。

「まず、青葉寮の人はこちらに集まって下さい」

「若葉寮の人はこちらです」

寮ごとの二手に分かれると、今度はそこから二班に分けられた。二分の一から四分の一へと隊列が変わる。

「まるで、マスゲームや」

ボーイが、肘でつついてコソリという。

ヒナコは「ほんと！」と目配せして、クスリと笑った。

そうして高校の朝礼のように並び揃うと、再び坂井が前に立った。

「皆さんは、四月からは短大や洋裁学校生となりますが、同時に社員として各工場で働いてもらいます。その働き方や仕事の内容についてお話しします」

「す」の言葉を少し尻上がりに坂井が話すと、場は少しざわめいた。音ではなく空気、それは高校時代までにはない、社員という言葉と緊張感との共鳴だ。

「最初に二つ、次に四つに分かれてもらいましたが、最初の二等分が早番と遅番の二交代の大きな班となります」

それは、すでに「青葉寮」と「若葉寮」の寮ごとに二分されていた。

「次に四つに分かれてもろたのは、第一工場と第二工場勤務者ですわ。あぁ、各寮の二人ずつは現場事務で、それ以外の方です」

商業高校卒業の二人ずつを現場の事務とし、他のおよそ三分の二が第一工場、残り三分の一が第二工場として分けられた。

「我社では主に、第一工場は梳毛《そもう》、第二工場は紡毛《ぼうもう》という糸を作っとります」

初めて聞く固有名詞の意味がわからないでいると、

「梳毛の梳という文字は、髪の毛を梳る《くしけず》、『梳く《す》』という意味やな。羊から刈られた毛を洗浄し、梳かれて、さらに洗浄されたものを糸にしていくんや。その糸からはスーツなどが作られるんやで」

同室のヒデ子と幸子が、その梳毛を紡ぐ第一工場に割り当てられた。夏子と幸恵、そしてヒナコは、紡毛の第二工場配属となった。

配属先が決まると、それぞれの工場見学に向かった。

ヒデ子や幸子たちの第一工場は、メガフレックス精紡機が大量の糸をピンに巻き付けていた。そこが仕事場となる。

ヒナコたちの仕事場となる第二工場には、ミュールという十メートルほどもある機械が一号から五号機まで並んでいた。その五台がガチャン、ガチャンと大きな音をたてて行ったり来たりして、一台に五百本ものピンに糸を巻き付けていた。

その一号機の背には、事務室と染色の部屋があり、工場の半分にはミュール機で使用する前処理の大きな機械が並んでいた。工場は、高校の体育館の二、三倍はある広さだ。

ヒナコたちが作業を行うことになる紡毛という糸は繊維の梳きは行わず、あえて粗めの、言わば防寒に適した毛糸のようなものだとか。その糸の切れた個所をつないだり、原料を運んだり設置したりするのが主な仕事だと聞かされた。

「明日からそれぞれ仕事についてもらいますでぇ、がんばってえな」

第二工場の工場長、木下が話を結んだ。

翌日から、ヒナコの、少女たちの、それぞれの女工としての仕事が始まるのだ。

社会に出て初めて働く、少女たち誰もが緊張感を纏ってその夜を過ごした。

ドナウ川のさざなみ

ラーララーラ　ラーララ
ラーララーラ　ラララランララ
早朝四時十五分。
『ドナウ川のさざなみ』の曲が、スピーカーから高らかに流れ出した。
部屋の五人、皆が飛び起きた。

「ワァ〜」「エ〜ッ」

寝ぼけ眼に、今日からの現実が襲う。急いで布団をたたみ押し入れに片付ける。

「クリちゃん、なにしてんねん」

慌て過ぎて収め切れないのか、クリちゃんがはみ出た布団を蹴り上げている。身のこなしの早いボーイはまっさきに部屋を飛び出し、各階の真ん中にある共同洗面所に駆け込んだ。初めての早番、初めての出勤準備に少女たちは右往左往。石を投げ落とされたアリの群れのようで、「ワー」だの「キャー」だの声が飛び交っている。

洗面を済ませて部屋に戻れば、パ

ジャマを脱ぎ捨てて作業服の白いブラウスに黒いズボンを急いで身に付け、頭には看護婦のように糊で固めた帽子を載せてピンで止める。これが女工たちの作業スタイルなのだ。

「あ～ん、しきらんとよ。ねぇ、誰か止めて！」

クリちゃんが苦戦している。昨夜練習したにもかかわらず、帽子のピンがなかなかうまく止まらないのだ。

「あぁー、ウチも」

「ワタシも」

互いに互いの帽子のピンをどうにか止めあって、その苦戦後に五時からの勤務に間に合うように皆職場へと駆け出した。

この一連の流れはまるで運動会の競技、着替え競争の様相だ。早番の一週間は、この光景が毎朝繰り出されることになるのだ。

まだ薄暗い工場への渡り廊下を、足をこまめに運びながら口からは、つい…。

「なんで、『ドナウ川のさざなみ』なん?」

「ウチ、この曲好きだったのに…」

「なんで、ルーマニアのイヴァノビッチに叩き起こされるんや」

「ここ岐阜やろ？　長良川のさざなみでもいいやんね」

若い肉体の深い眠りを妨げられた恨みは、罪なき名曲と作曲者のイヴァノビッチを責める。会社では緩やかなさざなみを目覚めへの導入として選曲したのだろうが、これからの三年間この曲に叩き起こされるかと思うと狂想曲にも聞こえ、愚痴も言いたくなるのだった。だがこの曲が、やがて忘れがたく耳にする度に涙を呼ぶ曲になろうとは、この時はまだ夢にも思わなかった。

三月の末といえども朝はまだ寒い。目覚めきれぬ朝が、目覚めきれぬ少女たちを、渡り廊下の間から各職場へと送る。

ボーイとクリちゃんは第一工場へ、ヒナコはシマちゃん、ウサちゃんと共に第二工場へと向かった。五時から仕事、七時半には食堂で朝食をとり、また工場へ戻って一時四十五分までの勤務となる。

ガチャーン、ガチャーン
勤務の間中、激しい音を立てて行ったり来たりするミュール機。週の終わりに、休憩室で工場長の木下から一人ひとりに感想を聞かれた時、ヒナコは「耳が疲れました」と答えてしまった。木下に一瞬呆れ顔をされたが、ゆったりとした田舎暮らしに慣れている耳には金属音は実際きつかった。

早番の一週間が終われば、次の一週間には遅番が待っている。そのどちらにも、これからの三年間にその激しい音はついて回る。

短大の入学式にはまだ少し間があり、それまでに早番と遅番一週間毎の交代勤務に体を合わせていくこと、体と耳を慣らすこと。それが、まずここで鍛えなければならないことだった。

一週間後には遅番に替わった。午後一時四十五分から仕事が始まる。これは朝のようなけたたましさも、運動会の競技のような忙しさもなく準備を整える。そして、夜の十時半までの勤務となる。それから風呂に入ったり、学校が始まれば明日の授業の準備をしたり、お菓子をつまんでおしゃべりしたりと、眠る頃には日付が変わってしまう。

今まで、朝陽と共に動き出し夕暮には仕事を終えるという農家ぐらしのヒナコにとって、そんな遅い時間に「仕事の時間」があることなど知らなかった。確かに夜なべ仕事はあったが、それはおまけのような家族の団らんの時でもあった。

そんなこれまでの朝型生活は、超朝型と超夜型を一週間ごとに繰り返すことになる。早朝と夜遅くまでの交代勤務だけでも、まだ脱皮したばかりのやわらかな少女たちの体を疲れさせるのに、ここに学校が加われば更に疲労は増していく筈である。

だがそれは、これからのヒナコたちに課せられた日常となるのだった。


その日、遅番の仕事を終えてヒナコたちが風呂に行く準備をしていた。そこに、

「ねぇ、ねぇ、洗濯室のアイロンかけるところあるやろ。あそこにヒーター持って行って、みんな夜食作って食べているんやて。ねぇ、ウチらも作らんね」

ボーイことヒデ子が、そんな話をどこかから仕入れて駆け込んできた。

「うわぁ、ほんと。ウチお腹がすいたわぁ」

シマちゃんが、すっとんきょうな声をあげた。

「ウチ、お母ちゃんがラーメン二個持たせてくれたのがあるばい」

そう言いながら、クリちゃんなんてもう荷物をかきまわしている。

「ウチは、小さいけど鍋持って来とるよ」

「ワタシは、皿持って来た」

「ワタシ、スプーンあるよ」

みんなが、そそくさと品物を取り出してきた。

たちまち、深夜のラーメン作りが開始された。

「ワーッ、それラーメン？」

ヒナコが驚いていると、九州勢が怪訝な顔をしている。袋から取り出されたのは真っ直ぐな麺、まるでそうめんだ。ヒナコの会津で中華そばとも言っていたラーメンは、麺が縮れたものだ。だが、その真っ直ぐな麺もラーメンというらしい。

ともかく、真っ直ぐ麺の二袋のインスタントラーメンを小さな鍋で煮て、五枚の皿に分けてスプーンで食べるという奇妙なラーメンパーティが始まった。

慣れない夜の仕事を終えた若い娘たちのおなかを十分満たせる量ではなかったが、温かさが胸いっぱいに広がっていく。

「なぁ、インスタントラーメンて、こんな美味かったっけ?」

「ラーメンて、皿に分けて食べるん?」

「それもそうやけど、スプーンで食べるもんだった?」

「なんで?、バラバラに色んなもの持って来てるん?」

「アハハハ」

「キャッハッハッハ」

乙女たちは自分たちの行為のおかしさに、転げて笑いあった。なんせ、まだ箸が転げてもおかしい年齢なのだ。この奇妙な光景に笑わずにおられようか。可笑しくて、可笑しくて涙が出る。だが、可笑しくて目尻を濡らしたはずの涙は、いつしか本物の涙に変わってしまった。

刹那、それぞれの心がそれぞれの故郷を向いた。

……………………………

「あんなぁ、ウチなぁ、ほんとはなぁ、ここに来るのを親に反対されたんや」

シマちゃんが左手で頬杖をつき、右手でスプーンをブラブラさせながら言った。

「ボーセキ…やかろ」と、クリちゃんが言う。

「うん、ウチんとこなぁ、これといった産業もない県民所得の低い所やねん。中学を出るとみんな集団就職で町を出ていったり、女子は紡績工場に行く子が多かったんや。そんな中で、ウチは高校出してもらって…。『高校出してやったのに、なんで紡績工場に行くんや』って怒られたわ」

「よう来れたな」

「うん。担任の先生が親に言ってくれたんよ。『今や、紡績工場は糸屑と結核という時代とは違う。竹田は、働きながら自分で資格を取ろうって覚悟なんですよ。素晴らしいことやないですか』そう言って、親を説得してくれたんよ」

時々に相槌を打っていたボーイも、

「おんなじや。短大に行くなんて、家の経済状況では無理だとわかっとった。でもな、担任に打ち明けたら、働きながら学ぶ制度があるって教えてくれたんや」

そう、ため息をつくように言った。

「ワタシも近いのう。親の世話になって大学に進むなんて、出来ないってわかってたけどのう。それでも、保母さんになりたいって夢が消せなくってのう」

ウサちゃんが、山形弁にあふれて言う。

クリちゃんも「ウチもなぁ貧乏やから、本当は無理なんやけど、高校の先生がなぁ、『夢の実現のためには応援するぞ』と言ってくれたんよ」と、涙目で言った。

日本中の高校の先生たちは、生徒の未来に本気で立ち向かってくれていた。女子の進学への道を、真剣に開こうとしてくれていたのだ。ヒナコの先生もそうだった。

ヒナコに保母(保育士)になりたいと思わせてくれたのは、会津若松市の養護施設の先生の講演だった。高校時代一番夢中になっていたJRCの活動の一環だった。恵まれない環境下にある子どものために何かをしたいと思い、講師の先生の元を訪ねた時、その道に進むには保母という資格が必要なことを知った。その道に進みたい。だが、祖母は腎臓病を患い、入退院を繰り返していた。わずかばかりの田畑と、一頭の牛の乳を売ったところで入院費を払うのもやっとのことだった。中学の同級生の三分の一が中学校を卒業すると働きに出る中で、高校を出してもらっただけでも有難い。しかし、その上の学校に進みたいと言えるような経済状況にないことをヒナコは十分に知っていた。

だが、どんどん膨らんでいく夢は止められず、ヒナコは高校に行く前に母校の小学校に行き、音楽室のピアノを借りて一人で練習をした。密かに調べれば、保母になるにはピアノが必要だったのだ。ピアノなど学校にしかなければ、一般家庭で簡単に習える時代でもなかった。そんな事情を知る小学校では快くその練習の場を提供し、まだ誰もこない学校にいち早く来る教頭先生は、ヒナコのあまりに頼りない音にたまらず職員室を飛び出して教えに来るほどだった。

そんな密かなヒナコの行動を、父母は知っていた。

「ヒナ、何とかなるから、なんとかするから、短大受けてみろ」と言ってくれたが、ヒナコは苦しい。そんなヒナコに手を差し伸べたのは、やはり高校の先生だった。

「ヒナコ、少し遠いけどな、働きながら保母の資格が取れるところがあるぞ。親の世話にならず、自分の手で資格が取れるぞ」

進路指導にあたっていたのは、ヒナコの村出身の先生だった。高校受験の時にもこの先生が試験官で、試験の前の緊張するヒナコに「おぅ、父ちゃん、元気か」などと声をかけてくる気さくな先生だった。

当然、ヒナコの家の経済状況を知っている。おそらく静子にも同じ理由で声をかけた筈である。

ヒナコは迷わず、その道を選んだ。ただ、二人姉妹の長女、その長女を遠い岐阜に放ってくれるかの心配はあった。だが、家族は否定の一言もなくヒナコを送り出した。後で母親に聞いたのだが、「やがてヒナコは鮭のように故郷に戻ってくる」と、父親は信じて疑わなかったらしい。

岐阜県の繊維業界の願いと短大側双方の努力、その上に生まれた「第三部」という制度、そして全国各地の高校の先生たちが全国の少女たちを導いた。大人たちは体を張って時代の環境を押し上げ、少女たちの向学心を貧しさから救おうとしていた。

昭和四十三年という年、その頃の日本はそういう時代だったのだ。

その夜、布団に身を横たえたものの、誰もが中々寝付けない様子だった。

新しくて珍しくて知らない地方の仲間と出会い、その暮らしを築き始めながら、いま枕を並べて体を横たえながら、それぞれの心はそれぞれのふる里に帰っていた。

時々誰かが寝返り、時々誰かが布団の中で深いため息を吐いている。

そんな重い闇を押しのけ、突然ボーイが起き上がった。

「ね、ね、先輩に聞いたんやけどな、近くに犬山城というのがあるんやと。場所は愛知県なんやけど、ここから電車で三十分くらいで行けるんやて。今度の日曜日に行ってみんね」

ボーイは、みんなの眠れぬ夜を破る策を探していたに違いない。

「そうやね。来週はまた、ドナウ川のさざなみに叩き起こされるんやもんね」

「そうや、長良川の大波が来るんやっ！」

みんなはドッと笑い、そして犬山行きの相談はすぐにまとまった。

ようやく、みんなが目を閉じた。

もう時間は夜中の二時、新しい朝に向かっていた。カーテンの隙間から差し込んでくる街灯の明かりが、涙の乾いた少女たちの顔をそっと覗きこんでいた。

犬山城

日曜日がやってきた。

カーテンの隙間から覗き込むお日様は、すでに微笑んでいる。

夕べは、翌日を楽しみに「早く寝よう」と言いながらいつまでもはしゃいでいた。

まるで、遠足前夜の小学生だ。

「シャーッ！」

ヒナコがカーテンを全開して招いた光は、瞬時に四人の寝顔を照らす。

むくっと上半身を起こしたボーイが、閉じた目をクシャッとさせて「う〜〜ん」と両手を高く伸ばした。

クリちゃんもゆっくりと上半身を起こし、モサモサの髪をかき混ぜながら片目を開けて「オハヨ」といって欠伸をした。シマちゃんとウサちゃんはゆったりと立ち上がって、フラフラと洗面所へ向かった。

身支度を整えるとそれぞれの体はすっかり目覚め、昨夜のはしゃぎが戻ってきた。

ヒナコは、高校の制服を母がタイトになおしてくれたスカートを穿き、白いブラウスを着て紺のカーディガンを羽織った。他の四人も似たような服装で部屋を出た。みんな、これが今できる最高のおしゃれだった。

岐阜に来て間もない、この町の唯一の拠り所の会社という巣。今日はそこから一歩踏み出すのだ。

「何処に行くんや」

「イヌヤマって言うとこ」

「ほうか、気いつけてな」

守衛のおじさんに送られて、五人は連れ立って門を出た。

「くっくっ、最初のマーキングか」と言わんばかりに守衛のおじさんが笑っているとも知らず、おじさんの姿が見えなくなると皆んなは立ち止まって大きく息を吸った。

見上げれば空。その大きな空の下に解き放たれた、まるで五羽の小鳥。雛鳥の旅だ。

「六軒駅」は歩いて五分。守衛のおじさんに教えてもらったことを頭の中で復唱しながら、犬山までの切符をしっかり手に持って電車に乗った。そこから幾つ目の駅なのか、いつ「次はイヌヤマー」とアナウンスがあるのか、耳をそれだけにそばだてていた。そしてアナウンスがあると、すぐさま席を立って出口に向かい、無事犬山駅に降りた。

ほっと呼吸が楽になった。

国宝だという犬山城は小さな城だった。明治の廃藩置県の断行と共に廃城となり、櫓や城門などは解体されて天守のみが残っているのだという。四百年以上も昔、安土桃山時代に建てられた日本で最も古いと言われるだけあって、いかにも古めかしい。そして何より、天守に向かう城内の階段が怖いほど急だった。

天守から見渡す景色は、遠い昔のこの家の主の視線だ。地べたを歩く人はみな小さく、時々に主を変えながら小牧・長久手の戦いや関ヶ原の戦い等々を目撃してきた城だった。

城を降りてぶらぶら歩いていると、香ばしい匂いがみんなの鼻を誘ってきた。その嗅覚への対応は早く、みんなの手には早速に串刺しの団子があった。花より、いや城より団子の年齢だ。

「あんこじゃない団子って、あるんだー」

ヒナコは、焼いた団子に甘くてしょっぱいタレを絡ませた「みたらし団子」というものを初めて口にした。美味しかった！

そんな妙な感動に浸っているヒナコを、ウサちゃんの肘がつついた。

「ね、ねぇ、あそこに『げんこつ』って書いてある！」

「『げんこつ』って何？」

「まさか、あの痛〜いゲンコモチとは違うやろ？」

ひと目で「ボーセキに他所から来た子やな」と店主はわかったらしい。

「あんたら、こっちに来たばっかしか。『げんこつ』はな、今から四百年も前になぁ、この犬山城のお殿様が陣中食として考えはったんやで。あんたらも、この陣中菓子食うてがんばりや」

そう言って、味見用のげんこつ飴をそれぞれの口に一つずつ入れてくれた。

「あ～、きな粉の味がするわ」

「う～ん、ゆっくりと美味しさが滲んでくるわ」

「こんな美味しいもの、昔むかしの人は戦場で食べたんかぁ」

ヒナコたちは、それぞれにその陣中食を自分の土産に買った。明日からの、また戦場の日々で食するために。

「あれぇ、この先に『桃太郎神社』があるってよ」

「そう言えば、さっき『きび団子』も売ってたな」

「桃太郎って、えーっ、ここの人？」

「実在の人物なの？」初めてづくしに、みんなは首をかしげる。

あちこちを見て食べて、おしゃべりをしてはしゃぎまわり、ぶらぶら歩いているうちに「成田山」の寺の方に向かっていた。人々の流れについて広い階段をゆっくりと登り、人々を真似て参拝をした。その脇をぶらぶらゆらゆら歩いて行くと、広く大きくゆったりと流れる川が眼下に広がっていた。木曽川だという。

耳だけでしか知らなかった川の名が視覚と合わさる。改めて、知らなかった地に身をおいている自分の現実を確認させられた。木曽川が、深い緑色をして動かないように流れている。その雄大さに惹かれてボーッと眺めていると、その景色を夕陽が赤く染めはじめた。

朱い。燃えるように朱く大きな太陽だ。こんな大きな夕陽を、ヒナコは今まで見たことがない。

—会津の夕焼けは、もっと薄い赤色だった—

夕焼けの景色は、感動と寂しさを同時に招いた。みんなが無言で、木曽川の夕焼けに目を置いている。そして、誰となく歌いはじめた。

うさぎ追いし　かの山
こぶな釣りし　かの川

みんなは同じ方向を見ながら、心はそれぞれに違う方向を向いている。違う風景を思い浮かべている。

志を果たして

いつの日にか帰らん
山は青き故郷
水は清き故郷
夕陽は朱く膨らんで、そして雫となって落ちた。

星と涙と東山動物園

仕事も交代勤務の味も少々覚えたところで、洋裁学校や短大の入学式を迎えた。洋裁学校は一校だが短大は二つの学校に分かれ、岐阜市にある仏教系の短大と関市にあるミッション系の短大、それぞれに各五十名ずつほどが入学した。その日は会社も休みの日曜日、青葉寮も若葉寮も一緒に入学式に望むため、どちらの寮も乙女たちの声に華やいでいた。

これまで、会社や学校がどのように受け入れ体制を整え、どのような思いで受け入れようとしていたのかを、ヒナコたちは知らない。

水鳥が水面を緩やかに泳ぐ足元のように、会社や学校は小まめに水かきをしてヒナコたちを浮かべさせてくれていたのだ。

第三部が設けられた各校は、受け入れについても履修についても文部省と話し合いを重ね、会社側とも協議を重ねてきた。

産業界は「働きながら学ぶ」という観点を持ち、学校は「学びながら働く」という意識に導き、教育と労働を対等に置くことに努めた。

入学する学生ばかりでなく、各会社も短大側においても、緊張の伴う入学の日を迎えていたのだ。

ヒナコは肩までの髪をきりりと縛り、茶色のリボンを結んだ。黒のスーツはスカートが膝までのタイト。靴は少しだけ踵が高い。黒のスーツと靴の黒に統一された襟元に、ブラウスの白がわずかに覗く。

他のみんなも、形は異なるがそれぞれ持参した黒のスーツに身を包んだ。背筋も踵も伸びて、なんだかみんなが大人びて見える。

会社の工場脇に、大きなマイクロバスが待っていた。これから毎日、学生を学校に送り迎えの役をするバスだ。

静子の顔も見える。

ヒナコは岐阜市にある仏教系の保育科に、静子は同じ短大の家政科に進む。部屋のボーイも静子と同じ家政科で、同室のシマちゃんはヒナコと同じ保育科、クリちゃんとウサちゃんはカトリック系の短大にと分かれた。

家政学科は家庭科の教員を目指し、保育科は幼稚園や保育所や施設等の先生を目指す。だが通学のバスは同じなので、静子とも一緒に通える。バスの中は、それぞれのお国言葉にあふれていた。

入学式は、なんとも厳かだった。

入学生は何人いるのだろう。ヒナコたちの会社ばかりではなく、何社もの勤労学生が集まっておりかなりの人数である。

外の明かりを閉じた暗闇の演出の会場にはたくさんの蝋燭《ろうそく》が灯され、その薄灯りの中で人影がゆらゆらと揺れていた。式は今まで経験したことのない荘厳さの中に執り行われ、高校までとは違う世界に踏み込んだことを意識させられた。

帰ってきてクリちゃんとウサちゃんが言うには、カトリック系の短大はまた西洋風の厳かな入学式だったと興奮していた。

いよいよ始まった。働きながら学生として学ぶ、学びながら女工として働く、二本でありながら一本の道をこれから三年間歩くのだ。

普通の短大生のように学生だけの身ならば二年で単位は取れるが、半日だけ学生の三部生には三年という年数が課せられた。

これも文部省と短大で詰められた単位取得までの年数ではあったが、真ん中の水曜日にはプレゼントのように休みが置かれていた。

「ドナウ川の朝」に始まる早番を一時四十五分に終えると、着替えて三十分ほどバスに揺られて三時からの授業に望む。

一方遅番の週は、午前中に学生、午後に女工として夜の十時半まで働く。その真中の水曜日には、仕事はあっても半分には「自由」という時間が羽休めのように置かれていたのだ。

この音符と休符のリズムの中に、ヒナコたちの勤労学生生活はまるで歌うように始まっていった。

皐月は、ちょっと不思議な季節だ。

生命力あふれる緑眩しい季節でありながら、「五月病」なる病のような症状を引き起こしたりもする。若葉と葉陰のような、光と影を生み出す季節でもあった。

会社では定例の幹部会議が開かれていた。

「新入社員たちの様子は、どうやね」

社長が、十人ほどの幹部社員を見回して言った。

「屋上に上がる娘《こ》が増えておりますわ」

「あぁ、星を眺めたり、それぞれの故郷の方角を向いたりしている娘が増えてますな」

「よう見えんけど、おそらく涙も拭いてるでぇ」

「やはり…そうか…」

みんなの報告に、両手を組んで顎《あご》を載せ、社長がふむふむと頷いていた。

屋上に増えていく人数、会社がマークしていたのは人というよりもその状況だった。

「ここを乗り越える、乗り越えさせることが、お互いの関門ですわな」

「家も故郷も初めて離れた、うぶな娘たちやさかいなぁ」

「えぇ、先日の短大側との懇談の中でも、やはり中途退学者を出さないように互いに努めよういう話が出ましたわ」

坂井工場長が言う。

企業側と短大との間には、密な話し合いが持たれていた。毎月両者は会議を持ち、短大や学生や企業が抱える問題等を出し合い、その課題の解決に努めていた。

学校側でもこの新しい取り組みの中での中途退学者は出したくない、会社にとってもここで辞めさせてはならない。少女たちにとっても、ここで辞めてはならない。五月の坂は、お互いが最初に乗り越えるべき坂なのだ。

「気分転換を図らんとねぇ」

工場長の坂井が言った。

「気分転換？」

「えぇ。屋上に上がるのを禁止したところで、解決策にはならんでしょ。ならば気をそらし、別の方向に気を向けることですわ」

「なるほど。いい案はあるかい」

社長が皆に問う。

「屋上を明るくするのはどうやろか」

「ビアガーデンでも作りますかぁ」

みんながハハと笑った後に、一つの案が出た。

「皆んな、故郷が恋しいんやろ。故郷の県木を植えるいうのはどうやろか」

「あぁそう言えば、一昨年、昭和四十一年の九月でしたかな、『みどりのニッポン全国運動』で、各県の県木が生まれましたなぁ」

「なるほど。それはいいかもしれんな」

「会社の塀に沿って、北海道から九州までの県木を植えたら、そりゃぁあの子ら『自分の県の木だ』って喜びますわ」

みんなが大きく頷いたところで、社長が「岐阜の県木だけは、二つの寮の前にそれぞれ植えてくれんか」と言った。

「えっ、なぜです？　一緒に植えんのですか」

「あぁ、見るともなく毎日見てほしいんや。三年経ったら、あの娘らは皆それぞれの故郷に帰って行くやろ。また、大阪や東京に行く子もおるかもしれん。ここ、岐阜での暮らしを、一生いい思い出として持っててもらいたいんや」

　皆がしんと、そして深く頷いた。

　そして、社長はもう一つ提案した。

「各県の県木は、全国各地から来たあの娘らが三年間を全うして、すくすく伸びてほしいという我らの願いも込められている。それはそれとして、あの娘らはここが初めての社会や。大人と子どもの中間や。遊びも少し入れてやらなあかん。恒例の秋の社員旅行はそれとして、それとは別に東山動物園にでも連れて行ってやらんか」

　その日の定例幹部会は、慈しみにあふれていた。そして、その動きは敏速だった。

「総務の人に聞かれたわ。あんたんとこの県木は何やって」

「うん、ワタシも聞かれた」

「岐阜の県木は『イチイ』やけど、あんたんとこは？って」

「鹿児島は『カイコウズ』って、答えたわ。一昨年決まったばかりやから覚えてた」

シマちゃんが言う。ヒナコは初めて聞く木の名前だった。鹿児島という温暖な気候の中にしか育たないのだろう。

「ワタシんとこの福島県は、ケヤキ。県の花はシャクナゲ、鳥はキビタキ。福岡は？」

「福岡っちゅうたら太宰府天満宮。〜東風吹かば、匂いおこせよ梅の花〜」

クリちゃんが得意げに吟じる。

「梅の木！」

「いや、梅は県花ばい。県木はツツジ！」

「何や、紛らわしぃなぁ」

確かに。各県の県木はそちこちで話題となり、屋上のホームシック族の気も少しずつ逸れ始めた。そして、佐賀のクスノキ、北海道のエゾマツ、長崎のヒノキ等など、各県の県木の苗が植えられていった。

「会社では、ウチらに色々気い使ってくれてるんやなぁ」

「うん、頑張らなきゃ」

三日、三月、そして三年の、その節目節目を乗り切ることが、夢に近づく一歩一歩であった。

もう一つ、六月の第一日曜日と決められた「東山動物園への旅」。それはまさに、ホームシックをはねのける行動力へと発展した。

ヒナコたち二の七号室の五人は、次の日曜日に岐阜の市内に繰り出すことになった。田舎から出てきた少女たちが、会社から無差別に割り当てられた部屋での出会いは新しい家族であり、一緒に会津を発った静子もまた部屋ごとの行動であれば、どの部屋も同様の家族を築いていた。

この日岐阜駅前に行くことになったのは、仕入れの早いボーイの情報だった。

「今度会社で、名古屋の東山動物園に連れて行ってくれるやろ」

「うん、初めての社員旅行やね」

「まぁ旅行言うても、今回は遠足みたいなもんらしいよ」

「遠足みたいでも、社員旅行やろ」

「社員旅行って、何着てくねん」

「お洒落して行くんやろ」

ヒナコは、ドキッとした。そんなおしゃれな服など持っていない。

「おしゃれな服って…、高いんだろうか…」

四月の末に初給料はもらったものの、まだ使い方もわからなければ余裕などはない。

給料は、短大の授業料が五千円、更に会社で積み立ててくれている五千円が天引きされて、食費や諸経費も引かれた金額が手元に残る。

昭和四十三年当時の公務員の初任給は、高卒者が一万八千円程度、大卒者が二万五千円ほどであった。これは通常の勤務体制下のことである。

ではヒナコたちはといえば、朝は五時から夜は十時半までの通常の労働体制と異なるため、女工たちの労働対価は結構高かったのかもしれない。その額の価値も、それゆえ自らに学べるという金銭感覚もよく解らなかったが、ただ自分で働いて自分の手に初めて得た報酬は重くて嬉しかった。

だが、ここから教科書代や細々したものもかかれば、個人的に習うピアノのレッスン料なども払わなければならない。食べたい盛り、おしゃれもしたければ遊びもしたい盛り。そんなやりくりの中から、実家に仕送りする者さえいた。

ヒナコも初給料の中から、家族にプレゼントを送っておいた。

そんな中での旅行の話である。

「ウチ、おしゃれな服なんてないわ」

「お金もないよ」

「したけん、岐阜駅前にいくとよ」

「駅前に？」

「うん駅前に問屋さんがいっぱいあるんやと。問屋さんやから、少し安いんと違うか」

「へぇ～」

「そう言えば、岐阜は繊維の街なんやもんな」

五人の誰もの故郷に繊維街はなく、問屋で品物が買えるなどとは初耳だ。

「さすが、繊維の街やね」

「行こ！」

好奇心旺盛な若者たちは、相談がまとまるのも早い。

そしての今日である。

岐阜駅前は、どの地方の駅前の景色とも違っていた。洋服の問屋が数件店を開いていて、皆んなでぐるぐると見て回った。そして、それぞれに洋服を選んだ。ヒナコは迷った末に、襟元に小さなリボンを結んだピンクのワンピースを買った。それは、色も形も含めて、これまでの紺の制服からの大きなジャンプだ。

他のみんなもそれぞれに冒険を含んだおしゃれな服を手にすると、また違う冒険心が起きた。

「なぁ、柳ヶ瀬に行ってみよか」

「柳ヶ瀬って?」

「ほら、美川憲一が歌っているやろ。～雨の降る夜は　心もォー濡れるぅ～って、あの柳ヶ瀬ブルースの、柳ヶ瀬や」

確かに、美川憲一の歌う「柳ヶ瀬ブルース」は昭和四十一年に発売され、全国的にその曲は流れていたからヒナコも知ってはいた。それぞれにそれぞれの地元で聞いてはいたが、その「柳ヶ瀬」が岐阜の商店街の名とは知らなかった。

「柳ヶ瀬って、岐阜にあるの?」

「そうらしい」

「近いの?」

「そげん遠くなかばい」

「行ってみよか!」

なにせ、北海道から九州からと、働きながら学ぼうという強い意志を持って集まった者たちである。興味と関心、そして好奇心はまるでトムソーヤ並みの冒険者だ。いや、まるで縄張りにマーキングする野生の生き物のようでもある。それは、ヒナコたちだけではなく、各部屋ごとの行動も同じようで、あちこちで各部屋のメンバーと交差する。そこに暮らすということは、その地を知ること、その地を好きになること、その街に飛び込むことかも知れない。

まだ十八歳の乙女ながらも、各地から集合した冒険者たちは、野性的にそれを知っていたのだろう。

柳ヶ瀬の街に繰り出した冒険者たちは、美川憲一の歌う夜の街などまだ知らず、柳ヶ瀬はどこの町にでもある普通の商店街だと認識した。

とにかく、乙女の冒険には食することが肝心だ。寂しい財布事情も食欲には勝てない。柳ヶ瀬の一角で「力ラーメン」と「くずきり」を頼んだ。どちらも初めて目にするメニューで、餅の入ったラーメンと甘くて口当たりの良い葛切りに舌鼓を打った。

その後もしばらく柳ヶ瀬の商店街を歩き、歩けばまたお腹はすく。締めのデザートは、駅前のレストランでの「プリンアラモード」！　真ん中のプリンをイチゴやモモやカラフルな果物たちが取り囲んでいる。プリンのてっぺんにはまるで帽子をかぶったように、生クリームの上に赤いチェリーが載っていた。

皆が目を見開いて感嘆の声を上げ、食べるのも惜しいほどだったが喉はゴクリと鳴る。

「めんごい！」

「おいし〜！」

「可愛くて、美味しくて、最高！」

「こんな美味いもんが、世の中にはあったんやねぇ」

近くのテーブルの人たちは、この田舎出の乙女たちの会話に冷笑している。そんなことには気づきもせずに、乙女たちはひたすら感動していた。

「田舎に、こんなのあった？」

「高校生は、喫茶店禁止だったもんな」

「うん、ウチらも禁止。大人は食べていたかもしれんけどな」

「ずるいなぁ。子どもには毒とか言ってなぁ」

「ワタシら、大人の味知ってしまったんか！　ハハハ」

「アハハハ」「ハハハハハ」と笑いが絡む。

都会では子どもの味だったに違いない「プリンアラモード」は、田舎から出てきた少女たちにとっては洒落た乙女の味、大人の味だった。その後病みつきになったのは言うまでもない。

ヒナコはピンクのワンピースに華やぎ、東山動物園で初めてみたゴリラの姿を忘れない。こうしてブルーの皐月を乗り越えて、新緑の乙女たちは、その葉の色を少しずつ濃く染めはじめていった。

青い言葉と赤い月

六月。水無月は雨の月、青い季節を迎えていた。

その日、早番を終えたヒナコはマイクロバスに揺られて学校に着いた。この日も変わらず、それぞれの会社の名入りのバスが女工から学生に早変わりした娘たちを吐きだし、それを四角い建物が吸い込んでいく。

そんな、いつものように講義が始まるとばかり思っていた教室に、普段あまり顔を見せたことのない学務部長の山田が一人の男を伴って入ってきた。

「えーっ、みなさん。この方は文部省の鎌田さんとおっしゃいます。今年初めて日本の国に三部という制度が短大にできましたので、働きながら学ぶ皆さんの姿を見においでになりました。要望などありましたら、なんでもお話ししてください」

そう言って、にこやかにみんなを見回した。

なんとなく空気が重く、誰も手をあげる者はいない。せっかく東京から来たという鎌田を前に、誰も何も言わないのは何か礼儀に欠けるような気がしてヒナコは落ち着かなかった。誰かなにか言ってくれないかと願ったが、誰も何も動かない。多分、皆んな同じ思いだ。誰かは、誰かではなく自分でなければならない。思い切ってヒナコは手を挙げた。感謝の言葉を述べてから一言話そうと思っていたのに、指名された途端、言おうとしたことが頭の中でばらばらに弾けた。あぁ～、ジグソーパズル。そのピースが集まらない。その見つからないままに、ヒナコは口走っていた。

「あのう、要望と言うことですが…、私たちを甘やかさないでください」

笑顔だった山田の顔が曇り、一瞬ヒナコを睨んだような気がした。教室全体が白んで見えた。もう言葉も出ず、ふくらんでくるヒナコの瞼に、父の顔が浮かんできた。

「働きながら学ぶっつうのはな、両方で一つって言うんじゃないんだぞ。どっちも一人前にやんねばなんねえんだぞ」

この道を選択した時に、父が言った言葉だった。

女工と学生両方だからと、どっちにも甘えてはならない。半身は一人、もう半身も一人。自分の内に二人の自分を持ち、この二本の道を同時に歩む覚悟はしていたつもりだった。しかし、普通の一般の学生が楽しそうにクラブ活動に入っていくのを横目で見ながら通り過ぎ、糸屑の中に帰って行かなければならないのはやはり辛い。しかし、仕方がないとあきらめてしまうのはもっと辛い。ヒナコたちにとって、二本の道は一本の道でもあるのだ。

…ヒナ、おらが病気ばっかりして、入院費がいっぺぇかかって、すまねえな……

…ばんちゃのせいじゃないよ。短大くらいは自分の力でやるのは当たり前だよ。やってみたいから、自分でこの道を選んだんだよ……

…ヒナ、母ちゃんはな、ホントは看護婦さんになりたかったんだ。でもな、戦争中だったから、穿いていく新しいモンペがなくってなぁ。ヒナは、自分のなりたいものになるんだぞ……

…姉ちゃん、オラ、姉ちゃんみたいになりてえ……

白い教室に、家族が次々に励ましに来る。

ヒナコはカタンと椅子を立って、山田と鎌田の後を追った。

「先生！」

階段の下から二人が振り返った。山田は訝《いぶか》しげに振り返り、鎌田は口元を緩めて右手を軽く上げた。

「わかってます。わかってます」と言う風に目で笑い二度首を縦に振った。ヒナコは、会津の民芸品「赤べこ」の優しい仕草をふっと思い出した。

文部省の視察者や短大側の、三部の学生の実態を知り良くしてやりたいという意図は十分にわかっていた。わかりながら、わかるがゆえにヒナコは三部の学生の心意気を伝えたかった。しかし、まだ十八歳の娘には尖ったぎこちない表現しかできなかったのだ。

働きながら学ぶことは辛いことではない。自分で選んだ道なのだ。それゆえ甘えることでもない。甘やかされるものでもない。一般の一部の学生と何ら変わらない、一学生である誇りと心意気を伝えたかったのだ。

戻りにくい思いで教室に戻ると、みんなが拍手で迎えてくれた。

―夢と未来は自分で作るもの―

―甘えるな、私！―

黒板には、そう大きな文字で書かれていた。まだ十分に築かれたとは言えない各会社から集まっていた学生たちも、皆同じ思いだったのだと、ヒナコは改めて思った。

「みんなで頑張ろう！」

「一緒に卒業しようね」

鎌田を見送った山田が、廊下に立っていた。そして山田は学生たちの言動に目を瞬《しば》たかせ、そっと戻っていった。

そんなヒナコの中での事件があった後、次々と事は起きた。

六月も終わりの夕方のことだった。ヒナコたちが買い物に行こうと寮の玄関を出ると、男子禁制のはずの女子寮に、大股で歩いてくる男が目に入った。背中には、同じ階の一号室の幸子を背負っていた。端正な顔つきの野田というその男は、女子寮の玄関まで入り、幸子を背中からドサッと下ろした。

「ひでえ目にあったよ。タクシーの中では暴れるし、おれの背中では吐くしよォ。あぁ、臭っせぇ」

寮母の増井に向かって、そんな言葉を吐き捨てていた。床に捨て置かれたままの幸子は、スカートから足をむき出しにして、何やらぶつぶつ言ったかと思うと、「バカヤロウ」と時々大きな声をあげてアルコールの匂いを撒き散らしていた。

「ねぇ、幸子さんて野田さんの彼女やったんやて。でも、今はほら野田さん、二の五号室の子と付き合い始めたらしいんよ」

ボーイがヒナコの耳元で、どこやらから仕入れてきた話をひそひそとした。

幸子は中学を卒業するとすぐにこの会社に勤め、仕事の空いた時間に洋裁を習っていた。他にも幸子のように中学を卒業してからすぐに勤めた人が、一号室に五人残っていた。高卒者が大量入社すると聞いた時、多くは会社をやめていった。だが、五人はもう少し洋裁を極めようという志を持って残ったのだった。

本来ならば先輩としてあがめられる立場だったが、一挙になだれ込んできた高卒の新入社員に飲み込まれたような形になってしまっていた。

会社の数少ない男子にとっては、百名を超える女子社員の入社は、花が束になって投げ込まれたようなものだった。ちらりほらりとカップルも生まれ始めており、野田は幸子を捨てて新しい娘に乗り換えたらしいという噂だ。

寮母が揺り動かしても、幸子はまだ動かなかった。動けなかったのではなく、動かなかったのかもしれない。自ら捨て置いたような全身から、幸子の寂しさが伝わってくるようだった。

その幸子が会社を去ったのは、それからまもなくのことだった。

まだ十八歳のヒナコには、酒の味も知らなければ、男女の蒼い悲しみやその色の深さも知らない。けれど、幸子の姿をヒナコは忘れることが出来なかった。社会人として、初めて垣間見たオトナの世界の一コマだった。


いつしか、季節は乾いた夏にかわろうとしていた。初めての岐阜での夏は、会津よりも太陽が近いような気がした。半袖の作業着の下からは、じっとりと汗が湧く。

その日は早番で、陽をよけながら昼食をとるために食堂に行き、ヒナコはどこか重い体を椅子に落とした。と、右わき腹にチクッと針を刺すような痛みが走った。その痛みは夕方になっても去らず、ヒナコは少々不安になった。

「ねぇ、なんだかお昼ころからお腹が時々チクッと痛むんだけど」

となりで寝そべって本を読んでいた夏子に話しかけると、

「お医者さんに行ってみれば。私も一緒に行ってあげようか」と、体を起こした。

泉医院は、待合室にもう人はいなかった。

白衣をまとった女医に事情を話し症状を告げると、採血をしてしばらく待たされた。

再び名前を呼ばれて診察室に入ると、女医は検査用紙から目をヒナコに移して言った。

「虫垂炎です。明日大きな病院に行って、すぐに手術をしないといけませんよ」

入院患者を置かないこの医院では、手術が出来ないということだった。

なんともピンとこない。

「そんなら、田舎に帰って手術してもいいですか」

「何言っているの、あなた福島でしょ。えらい遠いやないの。途中で破裂するかもしれんのよ。明日手術しないとダメよ」

女医は、叱りつけるように言った。

急性虫垂炎は、大人の男でも転がるほど痛いと聞いていた。現に静子が高校生の時、帰り道に急にお腹が痛いとうずくまり、すぐさま病院に行き手術したことがある。それなのに、こんなチクッとした痛みがあるだけで手術が必要なほどのものとは信じ難い。ましてや、「直ぐに手術しないと駄目よ」と言いながら「明日に大きな病院に行って」

という。この医者の診断は、間違っているのではないかと疑いたくなった。

半信半疑だった。寮への帰り道、今は痛みの去っているわき腹をさすりながら空を見上げると、赤い月がヒナコを見ていた。

「あのなぁ、赤いお月さまが出っさっと、戦が起こるって言われるんだぞ」

祖母が、そう話していたのをヒナコは思い出した。

「赤いお月さまかぁ。やっぱり、明日は手術しなくっちゃならないのかなぁ」

ヒナコは、急に不安になった。

寮の近くまで来ると、夏子がおかしな理由でヒナコを誘った。

「ねぇヒーナ、お腹切ると上手いものなかなか食べられんよ。あそこの店でおにぎり食べていかない」

「う、うん」

実は少し前から、会社では虫垂炎にかかる者が数人出ていた。虫垂炎が伝染するはずはないのだが、夏子もまたかかり、退院してようやく職場復帰したばかり。そんな夏子の経験のもとに誘われておにぎりを頬張っては見たものの、味はわからず赤い月の不安は抱いたままだった。

次の日は朝食前の早番の仕事だけをして、その後は休みをもらい、ヒナコは一人で岐阜市にある病院に出かけた。その病院は大学付属の病院で、田舎では見たこともないほど大きな建物だった。この病院なら、痛みのない今「なんでもありませんよ」と言ってくれそうな気がした。

やがて名前が呼ばれて診察室に入り、昨日泉医院で言われたことを話した。検査の後、もうそのつもりで来ていると思ったのか、それとも泉医院から連絡が入っていたのか、

「それでは、午後一時から手術をしますから、身の周りのものを準備しておいて下さい」

と、いとも簡単に医師から告げられた。

「赤い月の話は本当だった」

ヒナコは、ごくりと唾を飲み込んだ。

若気の至り知識の無さ、まさか本当に、すぐに手術になるとも思わず、入院準備の品は持ってきていなかった。だが、昨夜に万が一のためと身の回りの物を風呂敷にまとめては置いたので、寮母の増井に電話をして、それを持ってきてくれるように頼んだ。

まもなく一時になるというのに、まだ増井の姿は見えなかった。もちろん、遠い会津の家族もいない。一人ポツンと座っていると、名前を呼ばれた。そして、衣服を全部脱がされて手術用の白い服に着替えさせられた。十八歳と六ヵ月、ヒナコは初めての手術にたった一人で臨む。そうなると不思議なもので、ヒナコはなんだかすっかりと落ち着いてきた。もうまな板の上の鯉、覚悟はできた。心配性の母がそばにいないことが、却って良かったような気がした。

やがて手術台に載ると、局部麻酔を打つため背中を丸めるようにと告げられた。何度も針を刺されたような気がしたが、そのうち麻酔が効いてきたのか手術がはじめられた。局部麻酔は良くも悪くも、手術の様子がよく分かる。右側に戸棚が置かれ、その薄暗いガラスに、白い布をお腹に被せられた我が身が映る。

医師たちはまったく緊張した様子もなく、むしろ楽しそうにさえ見えて、その会話を聞いていると少しも心配がないことが感じられた。

「どう？　なにかある？」と医師に聞かれて、麻酔が効いているにも関わらず「なんだかお腹の中が引っ張られる感じがします」というと、「うん、今お腹の中の腸を引っ張り出しているからねぇ」と、いとも簡単にいう。研修医たちが、その会話さえも聞き逃すまいとしているように見えた。

「二針だ。上手くいった」

その医師の言葉で、手術の終わりを知った。

ヒナコの体内から取り出されたものを見せられたが、それは細長くてまるで赤いウインナーソーセージだ。その赤は手術前に見た赤い月と重なり、戦が終わった気がした。

麻酔が切れる時は痛むと聞いていたが、朝五時からの仕事をしてきたことや早起きが若い肉体をぐっすりと眠らせ、麻酔の切れる痛みを知らせなかった。

翌日からはもう歩きはじめ、一番に母に電話をかけた。

ヒナコの家に電話はない。村の一軒の家にあるのみだった。その、村に一軒の坂下さん家での電話の取次ぎはなかなか大変だった。村の外れだと五分以上かけて呼びに行き、呼ばれた人はまた五分以上かけて電話のもとに着いて、ようやく話すと言った具合だ。

ヒナコの家にも、急いでも往復五分以上はかかる。

ヒナコは待っていた。しばらくして、ハァハァと息を切らしながら話す母の声がした。

「ヒナ、大丈夫か。手術終わったのか、母ちゃん看病に行くからな」

母が心配の様子を吐き出すように、早口に言う。

「待って母ちゃん、お金もかかるし、会津を出たことない母ちゃんが来れるわけがねえべ。それに、来たってなんにもすることねえよ。来るんなら、オラが治ってからゆっくり来ればいいよ。岐阜を案内すっから」

「ばぁか、のんきなこと言って」

そう叱るように言ったあと、

「んじゃ、母ちゃん行かねえっても大丈夫なのか」

とつぶやくように言った。

母は、家族は、どんなに案じていたことか。電話の向こうに、ようやくホッと息をつく気配がした。

郡上おどり盆踊り

回復は順調だった。体がしっかりしてきたなと思う八月の初め、部屋のメンバー替えの発表があった。

初めてこの地で出会い、お互いの性格も知り、暮らしにも慣れてきたところだと言うのに、メンバーがすべてチェンジされるという。

「えーっ、皆んなバラバラになるの？」

「せっかく仲良くなったのに、会社も意地悪やなぁ」

寮の一部屋は、いわば家族のようなもの。なぜにその関係を解くのか。皆んなブーブー言っている。だがそれは、解くのではなく広げるという会社側の配慮である。

三年間の間に、より多くの人と姉妹のような友人関係を築かせてあげたいという、会社側の親心だ。

寮の全員の顔も名前も、すでにみんな覚えた。各部屋の誰かのつながりを元として互いに出入りもしていれば、そちこちの家族から送られてくるその地の珍しい食べ物は、寮のあちこちに分けられて回る。工場繋がりもあれば学校繋がりもある。反対班の「青葉寮」の人たちとも、夜食を届け合ったり、県人会で一緒に旅行をしたりと、交流が生まれている。みんな天才的に交友関係を広げ、友達の友達もみんな友達なのだ。しかし、部屋を共にするのはまた一味深い味を醸し出す。そのことを会社の大人たちは知っていた。まだ、目の前のこと、至近距離しか見えていない若者たちの、数十年後の人生さえ見越していたのだ。

ヒナコは、三階の真ん中の三〇四室になった。押入れ半分の荷物を移動させれば、かんたんに引っ越しは終わる。

今度のメンバーは、北海道出身のノンちゃんこと石田典子、長崎の「バッテン、バッテン」をフル活用してはバッテンちゃんと言われている永島由美子、島根の吉田真千子はマッちゃん、奄美大島のユウちゃんこと中島優子、この日本縦断のメンバーの東北代表としてヒナコが入る。

確かに、同じ部屋だからこそ見えるそれぞれの個性がある。

引越し祝いとも言える夕食後のお茶会は、皆んなで会社の裏の「ポポの店」から沢山のお菓子を仕入れてきた。この「ポポの店」は、気の良いおっちゃんとおばちゃんで営んでいる、全女工&女学生たちの御用達とも言える店だ。本当はなんとか商店というらしいが、乙女たちはこのやんわりほのぼのとした夫婦に親しみを込めながら、二人の店をそう呼んでいた。

ノンちゃんは北海道から持ってきた三味線を弾く。小学生の頃から習っていたと言うから、なかなかのバチさばきだ。奄美のユウちゃんは踊る、踊る。手首をクルックルッと回しながらの踊りは、会津の盆踊りとは大分違う。いやいや、かなり違う。奄美では事あるごとに踊るのだという。どこの家に客が来ても、人の客も我が客として宴を設けて歌い踊るのだと言うから、今日の引っ越しと新メンバーの顔合わせには踊らずにはいられないようだ。バッテンちゃんは「バッテン、バッテン」を言いながらお菓子を絶え間なく口元に運び、島根のマッちゃんは子猫のような「にゃぁ、にゃぁ」と語尾につけたお国言葉を話していた。

ヒナコは、習ったわけではないけれど耳で覚えた『会津磐梯山』を、自己紹介代わりに歌った。ノンちゃんが途中から三味を合わせだし、お酒もないのに結構な宴会ムードとなった。

この郷土色豊かな宴を以て、岐阜での二つ目の家族の絆が結ばれていった。日本列島は縦に長い。北海道から奄美大島までの風土は、それぞれの個性にも現れていた。また、それぞれの故郷から送られてくる品々がまた個性的だ。北海道のノンちゃんの家からはジャガイモが送られて来て、「おやつはいつも、ジャガイモ蒸してバターつけて食べていたんだ。美味しいよ」と自慢！長崎のバッテンちゃん家からは、畑で作っているというパイナップルが届いた。ヒナコは、パイナップルなど缶詰しか知らない。それも、ほんの数回食べたことがあるだけだった。それが畑で採れるというのだから、全くの驚きだ。

「ネ、ネ、パイナップルって畑で採れるの？　ジャングルとかで探して採るんじゃないの？」

ヒナコの小学生並みの驚きと質問に、バッテンちゃんは大きな口を開けてケラケラと笑う。笑われても、畑で採れる完熟の甘いパイナップルの味は、ヒナコにとって感動的なものだった。

島根のマッちゃんはノリやわかめの海産物だが、これも買ったものではなく、母親の手作りのものだという。そしてまたヒナコを驚かせたのは、奄美のユウちゃんに届いた

「豚肉の味噌漬け」。それもソテツの実で作った味噌というから、更に驚く。会津には、パイナップルの畑もなければ、ソテツという植物もない。

新しい部屋は郷土物産展のようで、それぞれの味はまるで生きた地理の学習のようでもあった。


岐阜の町が、なんとなく浮き立ち始めた。無理もない。郡上おどりの季節なのだ。郡上おどりは八月中旬から九月上旬にかけて踊られる、日本一長い期間を持った盆踊りである。本家本元は郡上八幡なのだが、会社でも庭の真ん中に櫓を組み始めた。土曜土曜の夜ごとに、盆踊りを行うのだ。もちろん、岐阜の踊りを覚えてほしい、そして郡上八幡での本場の踊りを楽しませたいという、会社の思いが裏側に滲んでいた。

早速、部屋のみんなで庭にでると、各部屋からも次々と集まってきた。

「へぇ〜、こんなに色々の盆踊りがあるの？」

「盆踊りって、その地域に一つだけと違うの？」

「十もあるんやて」

その数の多さに、皆んなが驚く。

郡上おどりは「かわさき」にはじまり、「春駒」「三百」「ヤッチク」「古調かわさき」「げんげんばらばら」「猫の子」「さわぎ」「甚句」「まつさか」と十の歌と踊りがあるという。それを、会社庭の櫓の上で、いつもは作業服のおじさんたちが浴衣に着替えて歌い奏でる。

〜郡上のなぁ　八幡出てゆく時は
（ア、ソンレンセ）
雨も降らぬに　袖しぼる
袖しぼるノー袖しぼる
（アソンレンセ）
雨もふらぬに袖しぼる

おじさんたちの艶のある歌や演奏は、何時もとは別の顔と別の輝きを見せ、盆唄の情緒に酔っているようだった。

一方、ヒナコたちの踊りはといえば、練習などなしの見様見真似だ。

はじめは手真似に気を取られて、足元のリズムが合わない。それでも繰り返す内に足もついて、次第に全身が一つに流れて踊りは形となっていく。さすがに、乙女たちは勘がいい。それに、郡上おどりはテンポの早い曲もあれば、合いの手もまた楽しい。

「春駒」は馬の産地だった郡上八幡の踊りで、手綱をさばくように下駄を鳴らして踊る。歌の節目で、踊り手たちが「七両三分の春駒春駒」と合いの手をかけるのが面白い。

当時の馬の値は、七両三分だったのだろうか。それとも、それくらいの値で売りたいという願望だったのだろうか。

「次は、『ゲンゲンバラバラ』」

「えっ、ゲンゲン　バラバラってなんや」

「てんでん　バラバラに踊るんか？」

「意味わからんね」

「ウチもわからんから、パートのおばちゃんに聞いたんや。元々は『ケンケン　パタパタ』やと。雉のことなんやて」

「雉がケンケン鳴いて、羽をパタパタするらしい」

「ふ〜ん、郡上おどりって馬やら雉やら、やたら動物が登場するんだね」

ヒナコがただただ驚いてると、今度はなにやら聞き覚えのある曲に変わった。

〜月が出た出た　月が出た（あぁヨイヨイ）〜

炭坑節である。

「炭坑節って…」

「そうや、ウチんとこ福岡の盆踊りばい」

クリちゃんこと幸子がニッコリ笑っていう。

「炭坑節はなぁ、石炭を掘るの。こうやって踊るんよ

〜掘って掘ってまた掘って。担いで担いでソウレソレ〜　」

そう言って、掘る作業、担ぐ作業の入った踊りの形を楽しそうに教え始めた。

社員は九州出身者が半分以上締めている。それゆえ、会社の配慮なのであろう。ただ

でさえ多い郡上おどりに、九州の踊りも加わるという、会社ならではの盆踊りは誰もの胸を華やがせていた。

そんな頃、ヒナコたちにはある作戦があった。

島根のマッちゃんこと吉田真千子は、洋裁学校に通っていた。そのマッちゃんに習って、部屋の皆んなで浴衣作りに取り組んでいた。その浴衣を着て、本場郡上での盆踊りには会社で鍛えた踊りをもって、郡上八幡に出かけて踊ろうという作戦なのだ。

ヒナコも、紺地に水色の朝顔模様の浴衣が出来上がった。そしてもう一つ、ヒナコは紺地の麻ノ葉模様の反物も買っていた。それを浴衣に仕立てて母に送るのだ。多分、母はそれを着て盆踊りに行くことはない。華やかさを恥じるほどにつましく暮らしている母に、それでも届けたかった。

そんな遠い故郷を思いながら、ヒナコは岐阜の町の情緒に酔いしれていた。

そして郡上踊りの賑わいが去ると、季節は秋へ、そして冬へと流れていった。

初めての帰省

「はげ～、雪って冷てっちゃぁ」

「雪って、本当に白いっちゃぁ」

　奄美育ちのユウちゃんは、庭に飛び出してはしゃぎまわっている。

　岐阜の町はほとんど雪が降らず、降ってもすぐに溶けてしまう。それでも、はらりはらりと空からゆっくり落ちてくるこの日の雪に、ユウちゃんは感動しまくっていた。

「ねぇ、ヒーナんとこは、こんな白い雪がいっぱい降るんちゃぁ。いいなぁ」

　そんなことをしきりに言うユウちゃんの声を聞きながら、ヒナコは会津の冬を思い出していた。十二月の半ばともなれば、もう雪景色に変わっているはずだ。

　自然の中にすっぽりと包まれ、変化に富む豊かな四季の中で育ったヒナコに、岐阜の自然はあまり語らない。

　蕗の薹の黄緑が鼠色の冬を割り、春の目覚めが空を押し上げる。野山の萌黄色は日増しに緑色を深め、少年のような夏に向かう。お盆の頃にふっと通り過ぎる会津の風は「もう秋よ」と耳にささやき、やがて高い山が木肌を青紫に染めて雪の季節の到来を告げる。

そんな細やかな季節の移り変わりがヒナコは好きだった。

しかし、岐阜の街で秋を知ったのは、郡上踊りの終わりと駅前のデパートの宣伝文句だった。都会では、野も山も鳥も虫も雄弁ではないのだ。

冬もまた、さほど変わりはなかった。

ひと季節ドカッとのさばっている雪。学校帰りに泣くほど冷たかった雪。涙をこらえて家に駆け込むと、手拭を囲炉裏にかざしては手を包んでくれた祖母のやさしさ。胡坐《あぐら》の中で昔話を語ってくれた祖父の声。冬の冷たさは、家族の温かさだった。雪に抱かれた冬が恋しかった。

夕暮れの街を歩くと、一軒一軒にともる灯りが妙に寂しくさせる。その戸を開けて、家という暖かさの中に入っていきたい衝動に駆られるのだった。

ヒナコは盆には虫垂炎の手術後ということもあって帰らず、今度の年末年始が初めての帰省となる。部屋でもそれぞれの故郷の話に花が咲き、それぞれの家族の話や行く前からもう帰りのみやげの話だ。「あ、それ食べてみたい」「それどんなお菓子？」と、乙女たちの食指は動き、それぞれの身の半分はもう故郷に帰っていた。

十二月二十八日、ヒナコは早番の仕事を終えると、一週間も前から少しずつ荷物を詰めていたカバンを抱えて帰省の途についた。

土産は、鵜飼で有名な岐阜らしく「鵜の卵」の菓子にした。会津では見たこともないお菓子だから、みんなが喜んでくれるに違いない。

彼氏のできた静子は、盆に帰省したから今回は帰らないという。ヒナコは、少々心細い一人旅だが小さな楽しみも秘めていた。

六軒駅から岐阜駅へ、東海本道線に乗り込むと夜汽車に揺られながら東京駅へと向かった。東京駅に列車が滑り込むと同時に、ヒナコは目を凝らして人を探した。しかし、それらしい人は見つからない。

「忙しくて、来れないのかもしれないなぁ…」

一つ先輩で高校時代に交際していた文男に、東京駅着の時間を書いたはがきを出しておいたのだった。

ホームに降り立つと、北風に押されるように人々は同じ方向へと流れていく。その流れの中にポツリと立っていると、後ろからポンと肩をたたかれた。振り返ると、文男が白い歯を見せて立っていた。心細さから安堵と嬉しさに入れ替わり、ヒナコの目から危うく涙がこぼれそうになった。

東京という街で、一歩早く社会に踏み出していた文男の姿は、どこやら洗練されて見えた。

「何時の汽車に乗るの？」

「上野発二十三時五十八分！」

そう、頭に教え込んであった時間を告げた。

「今日汽車に乗ったら、すぐ明日になるね」

そう笑って、文男は腕時計に目をやり十時に近いことを確かめた。

上野駅まで移動すると、夜の上野公園をゆらゆらと歩いた。

手紙のやり取りはしていたものの、文男と会うのは一年九ヶ月ぶりだ。会ったら話そうと頭の中で何度も何度もシュミレーションしていたのに、言葉は口の外に出ない。あんなに会いたいと思っていた文男は、離れていた時よりもなんだか遠く感じられた。

時間だけが空回りしていく。これが離れて暮らした時間というものだろうか。東京という街の華やかさと、東京の人になりつつある文男に呑まれてしまったのだろうか。

なんだか、ヒナコは泣きたかった。
文男に見送られて上野駅を発った。ここからは坐っていれば若松駅に着くという安心感と、時々聞こえてくる訛のある話声がヒナコの重い気持ちをいくらか和らげてくれた。軽く目を閉じると、疲れた体をひきずって戻っていくであろう、文男の後ろ姿が目に浮かんだ。久しぶりに会った文男の前で言いたいことも言えず、すねるようにして別れてきてしまったことが悔やまれた。
二人を時が隔てて、かれこれ二年になる。さっきの僅かな時が、別れゆく二人に設けられた束の間の「再会」だったのかもしれない。ヒナコは、一つの季節の終わりを感じていた。
四時十五分起床、五時からの仕事を終えて午後に岐阜を発ち汽車に揺られ続けた若い肉体は、重い気持ちも抱え込んだままヒナコをかすかな眠りへと誘った。

三時間もウトウトしたであろうか、目を凝らして外を見ると、月の光の下に青白い雪景色が広がっていた。それは太陽のめざめと共に一秒ごとに白んでいった。

あの、早番の起床時間と重なった。だが、あのざわめきと「ドナウ川のさざなみ」は聞こえず、白い世界はただ静けさだけを奏でていた。


若松駅からは、逸る心をバスに揺られて家路についた。あまりにも見慣れた景色の中に降り立つと、九ヶ月ほどの岐阜での生活が一瞬に消えてしまいそうだった。

ヒナコの家は、すっぽりと雪に抱かれていた。

「喧嘩しても悔しくても、泣いては家に帰るなよ」

子どもの頃に、いつもそう言われていた祖母の声が甦った。

ヒナコは立ち止まって涙をのみこむと、口角を上げて「ただいまぁ」と一気に駆け込んだ。

（二）

五月に歌えば

故郷で補給したエネルギーを持って、ヒナコの岐阜での生活は再開した。

早番の日の冬の月は、研ぎ澄まされた刀のように鋭く光る。その月に切られそうな身を、皆が両手で抱くように身を縮めながら工場へと向かっていく。

雪のない岐阜の冬は、冷たい月と風が乙女たちの身を容赦なく刺して過ぎた。

そして、岐阜での二年目の春を迎えていた。

三度目の部屋替えに、今度は一年生の新人を迎える。誰と一緒になるのか、どんな新入社員が来るのか、先輩となる身もそれはそれで緊張する。実は、ヒナコの高校からも後輩が来ることになった。県人会も特別な親近感があるが、同町、同校の後輩となるとまた近さが違う。特別な香りがするような気がする。

大石ヒトミ、部活も違ったから顔を知っている程度であるが、ここから姉妹の絆が結ばれていくのだ。高校時代ソフト部だったヒトミは、まだ日焼けの抜け切らない顔に大きな瞳をキラつかせ、全身に好奇心をみなぎらせていた。う〜ん、会津の香りだ。

ヒナコは、三階の一号室になった。他に二年生は、山形のトンちゃんと鹿児島のムッちゃん。そこに鹿児島から来た愛子と長崎からの秀子の二人の一年生が加わった。

二年生三人に一年生二人の組み合わせは、会社側の細やかな配慮だ。

大石ヒトミは二階の七号室になったようだ。

キョトキョトとした新人たちに、昨年の自分たちを見る。一学年上なだけで新入生が可愛いと思えるのは、一年を超えてきたという自信とプライドなのだろうか。ただ、先輩のいなかったヒナコたちには、後輩として同室になる新人たちの気持ちは少々わからないところがあるだろう。しかし、どんな時期にどんな思いに襲われるかはわかっている。

それからひと月ほどが過ぎたある日、岐阜での一年を経験済みの先輩たちは、あのホームシックにかかる時期にこんな話を持ち出していた。

「なぁ、『若者たち』の歌、知っとるでしょ」

「君の行く道は～果てし～なく遠～い」

ムッちゃんが歌い出し、トンちゃんとヒナコも続いた。

「なのに～な～ぜ　歯を食いしばり～君はゆくのか～、そんな～にして～までぇ」

一通り歌うと、トンちゃんが一年生の二人に向かって言った。

「なぁこの歌、ワタシらのことみたいでいいよね。愛ちゃんと秀ちゃんも知ってる？」

「知っている」と二人が言うと、鹿児島出身のムッちゃんは同じく鹿児島の愛ちゃんを誘って、コソコソっと耳打ちをした。そして、「せーのっ」と合わせて歌い始めた。

「えっ、えーっ」

メロディがあるから「若者たち」の歌と解るものの、歌詞が全く理解できない。

最初あっけにとられていた皆んなは、ふつふつと笑いがこみ上げてきて、やがて大笑いとなった。そして、笑いころげた涙目で聞いた。

「ねぇねぇ、なんて言ってたの」

「『若者たち・鹿児島バージョン』や。あんなぁ『おはんの』は『君の』で、『かぎぃがねこつ』が『果てしなく』やろ。『じゃいばってん　ないごちないゆ』が『なのになぜ』っちゅうとこやな」

　ムっちゃんと愛ちゃんが得意気な顔をして、ヒナコの目はまんまるだ。

　すると、トンちゃんが、「山形では、『君の一』は『オメの一』だな」と言い、ヒナコもつられて「うん、うん。福島も『オメの一』だよ」といい、二人は皆んなに急かされて東北弁バージョンで歌うことになった。

　そして、「秀ちゃん、長崎はどうなん？」と一年生の秀子にバトンが渡された。するとさすが長崎、「ばってん」「どがんして」「行くとや」「そげんして」とふんだんに長崎弁が盛り込まれて歌われた。

「面白いなぁ。これだけ言葉が違うんだね」と皆んなが感心していると、

「なぁなぁ、あんなぁ。鹿児島のなぁ、指宿駅に新婚さんが着くとなぁ、流れる歌があるんよ」と、ムっちゃんが言った。

「へぇ、どんなうた？」

その「南国情話」を、しっとりとムッちゃんが歌う。

岬の風に泣いて散る　浜木綿悲し恋の花
薩摩娘は長崎鼻の　海を眺めて君慕う
開聞岳の山の巣に　日暮れは鳥も帰るのに
君は船乗り竹島はるか　今日も帰らず夜が来る

「いい歌やねぇ」「開聞岳って山？」「長崎鼻って？」とそれぞれが聞くと、「開聞岳は、薩摩富士っても言われる指宿のシンボルで、長崎鼻は薩摩半島の最南端の岬」と言ってムっちゃんは遠い目をした。

それぞれに皆んな自慢の故郷がある。と、今度は愛ちゃんが歌い始めた。

うんだもこら　いけなもんや
あたいげどんが　ちゃわんなんだ
ひにひにさんども　あるもんせば
きれいなもんごわんさ
ちゃわんについた　むしじゃろかい

　めごなどけあるく　むしじゃろかい
　まこて　げんねこっじゃ　わっはっはー

「なにそれ？」

　トンちゃんも秀ちゃんも、そしてヒナコもポッカリと口を開く。すると、ムッちゃんがケタケタ笑って「茶碗蒸の歌やよ」という。

「あらまぁどうしたことか。私ん所の茶碗は、毎日三度も洗っているんだから綺麗なものよ」

「茶碗蒸しとは、茶碗に付いた虫ですか？　目籠《めご》など蹴って歩く虫ですか？」

「ほんにわかりませんな。ワッハッハ」

「そないな歌よ」とムッちゃんと愛ちゃんが交互に言って、またケタケタ笑った。

「へぇ、面白い歌だなぁ」

「教えて！」

　皆んなで笑いながらすっかり覚えて、歌いながら笑い転げた。

　そういえば、前に北海道のノンちゃんからは「マリモの歌」を教えてもらい、ガラス瓶に入ったマリモのお土産をもらったことがあった。はじめて知ったマリモは、緑色した生まれたての栗のイガのようだった。それぞれの地には、自慢の土地や物や風景や歌があるのだ。

「郷土愛にはナ、どこの国の人とも繋ぐ力があるんだぞ。愛せよ郷土、恋せよ乙女」と、高校の先生が冗談ぽくも力を込めて話していたことをヒナコは思い出した。たしかに、郷土自慢や家族自慢こそが、人と人を繋ぐ最大の親善力なのかもしれない。

理屈や理論などではない。若者たちはそれぞれの郷土で育つ中に、苦しさも寂しさも乗り越えて生きる術を体のどこかに住まわせていたのだ。

苦も楽に置き換えられる魔法、それは心の置き様というもの。岐阜という日本の国の中間の地で日本各地の仲間と知り合い、それぞれの地に根ざして生きた友の話に日本中を旅した気分になれるのもまた魔法。

そんな、それぞれの土地の方言と、本人による各地の観光案内とその土地の味には事欠かなかった。

鹿児島の「かるかん」、ソテツの実から作った奄美の「ソテツ味噌」、畑で取れるというパイナップル、名古屋とは違う山口の「ういろう」など初めて口にするものばかりで、大きな桜島大根が送られて来て食堂の味噌汁にして出されたこともあった。

ヒナコにも、秋になると会津名産の身知らず柿が送られてきた。焼酎で渋抜きをする柿はみんな初めてだと言い、その上品な甘さは好評だった。

とにかく、三度目の部屋の家族は、よく食べよく笑いよく歌った。

二年目ともなれば、交代勤務も女工と学生と半分ずつの生活も板についてきた。

短大といえば普通は二年で、入った年と出る年である。しかし、勤労学生の三部制には、真ん中にもう一年が挟まれている。この一年こそが、金とも銀とも輝く時間となる三部制の特権だ。半社会人、半学生の有益な時間が含まれているのだ。昭和

四十三年入社生は、今年二十歳になる。手を伸ばせば大人に届き、まだ少々子どもの時間も残されている、どこかふわりとした微妙な時だった。

忘れられないのォ　あの人が好きよ
青いシャツ着てさァ　海を見てたわ

そうピンキーとキラーズが歌うように乙女たちは「恋の季節」も迎え、その花もあちこちに咲き始めた。だが、男女二人でのお付き合いはまだ珍しく、誰かが誘われたら誰かが付いていくという形が多かった。要は、グループ交際集団デートといったところである。

ヒナコの胸の内には今も文男が住んでいたが、文男から「僕の前を、君に似た人が通る」と書かれた文が届き、少しして「いま僕は、君に似た人といる」と言う文が届いた。サヨナラの手紙だった。高校生の続きの文通、もしかしたら恋に恋していたかもしれない乙女の恋は終わった。

東京では、全共闘運動が国立大学から私立大学にも広まり、闘争という言葉や火炎瓶が飛び交い、八千人を超える警視庁機動隊と学生たちが激しくぶつかり合っていた。

そんな学生運動に世の中が揺れ動く中、半社会人半学生の身にはその嵐は起こらなかった。世の中を見つめないわけではなかったけれど、多分エネルギーの方向性が違っていた。半学生ながら、そこが半社会人だったのかもしれない。

コインをいれると音楽を自動演奏してくれるジュークボックス、若者たちはそこで音楽を聞いた。渚ゆうこの「京都の恋」が人気で、ピンキーとキラーズの「恋の季節」やトワエ・モアの「誰もいない海」などが街に流れていた。

四つ葉のクローバー

乙女たちの恋の季節と青春の日々に添いながら、時は前へと進んでいった。

一年を過ごした上に二年目の生活を重ねるにあたり、ヒナコは、今したいこと、今できること、今しかできないことを、できるだけ実現しようと思った。

会社には、一年に七日間の有給休暇制度があった。日曜祭日、そして早番から遅番への切り替えには少し長い自由の時間もあったから、やろうと思えば結構色々なことができた。遊びや買い物やデートに使う事もできたし、習い事もできれば岐阜市や名古屋までコンサートに出かけたり、あちこちの祭りや小さな旅も結構楽しめた。

現に、同年の智子や菜津子や後輩のヒトミたちは地元の画家に絵を習い、ヒナコを含む数人は近くの名古屋芸大の学生さんにピアノを習っていた。またヒナコは、岐阜市内の「同人誌」の仲間にも加えてもらっていた。

みんなが、幼児期のままのような好奇心と行動力に満ちて、まったりとした時間などはほとんどなかった。

「働きながら学校に行くって大変でしょ。遊ぶ時間もないでしょう」

帰省した折には、結構みんなからそう言われる。

いや決してそうではない。勤労学生ゆえに収入があって、いくらかの余裕もある。やることもたくさんあって、やりたいことも結構やれるのだ。むしろ、仕事と学校という制約があるからこそ、時間をうまく使えるとも言える。二年目ともなるとそうした時間の使い方もうまくなり、なおさらそんな時間が多く生まれていた。二足の草鞋は、結構履き心地が良いのだ。

ある時、ヒナコは有休の三日間を使って養護施設に行こうと決めた。奄美出身のユウちゃんと、最初の部屋で一緒だったシマちゃんと三人で行くことにした。

そもそも、ヒナコにこの道を選ばせたのは雪子の存在だった。

あの時ヒナコは六年生で、雪子は小学校に入ったばかりだった。雪子には知的な障害があって、行動は自由気まま、それに雪子が話すのを聞いたことがない。

「雪子んどこさわっと、馬鹿になんぞ」

「雪子と手ぇつなぐと、手が腐るぞ」

くちさがない男の子たちにそうはやされながら、雪子は野の花を摘んではニコリとして差し出す。しかし、それはどの子にも「わぁ！　バカがうつる」と捨てられた。それでも摘んでは差し出す雪子の手の中で、野の花たちは微笑んでいた。

そんな雪子が好きだった。ヒナコは一つ上の村からくる雪子を待って手をつなぎ、学校に着くと花たちを小さなビンに入れて飾った。

雪子の世話をしていたのではない。雪子の中にある、幸せの種を分けてもらっていたのだ。そんな雪子が、ヒナコを保育の道へ、岐阜の地へと導いてくれたのだ。

三人は関市にある養護施設に向かった。それぞれの大人の事情によって、親元を離れて暮らしている子どもの施設だ。

ヒナコたちは、タクシーから降りた。途端、三人はワッと子どもたちに取り囲まれた。鼻水を垂らして泥に汚れた手で、抱きつこうとする子、髪を触ろうとする子、手を繋ごうとする子、珍しげに顔を覗き込む子たちに、ヒナコたちはとっさに身を引いた。

先生たちはそんな三人の戸惑いを見逃さなかった筈だが、そんな態度も含めておおらかに迎えられた。むしろ、そんな行為は予想通りのことであったかもしれない。

職員室に導かれて施設の簡単な説明を聞き、ユウちゃんシマちゃんは女子寮へ、ヒナコは男子寮へと向かった。

子どもたちは様々な事情があって親から離れ、ここを家として暮らしている。まだ幼い子から少年たちが、ここで寝起きして兄弟のように暮らしている。

ベッタリと甘えてくる子や、小学生の高学年ともなると結構やんちゃな子も多い。

一日目は、抱きつかれたり髪を引っ張られたり喧嘩の仲裁に走り回ったり、一緒に遊んだり、食事や身の回りの世話などにただバタバタと動き回っていた。

二日目のこと、ヒナコは三日前に入所してきたばかりだという七歳のコウちゃんが気になった。どんな事情があったかは知らないが、親元から離れて三日目と言えば帰りたくて泣き叫んでもおかしくない時期の筈。しかし、コウちゃんは泣きもしなければ暴れもせず、笑いもせずに言葉を失ったようにただ黙って庭の端に屈んでいた。

「コウちゃん、何してるの」

一瞬、色白の優しい顔をヒナコに向けたが、ふらりと立ち上がってまた別の場所に屈んだ。そんなヒナコの背に、またやんちゃ坊主がのしかかる。「こらまてぇ」と笑いながら追いかけると、数人の子がまたヒナコを追いかける。おそらく先生たちは、いつもの暮らしを乱しているヒナコたち三人に苦笑していたのかもしれない。しかし、子どもたちにとってそんな甘い日もいいかと大目に見て、自分たちの後に続こうとしている若者たちをそっと見守っていたのだろう。

力の配分もわからずただクタクタになっていると、誰かの手がそっとヒナコの手に触れて来た。柔らかくてぬくもりのある小さな手だ。

「あら、コウちゃん」

その手の中に、四つ葉のクローバーも一緒に握られていた。

痛い、ヒナコの胸が激しく痛んだ。

幸せを招くという四つ葉のクローバーの意味を、七歳のコウちゃんが知っていたかどうかは知らない。でも、ヒナコは知っている。それは、ヒナコがコウちゃんに渡すべきものではなかったのか。

「恵まれない境遇の子どもたちに、何かをしてあげたい」などと……。そんな気持ちでここに来た自分を、ヒナコは恥じた。

なんと傲慢な態度だったのだろう。

高校の時、突然に母親を亡くした友に、ある友人が「可愛そう」と言った時、友は「可愛そうじゃない！」と強く言い返していたことを思い出した。

そうだ、子どもたちは可愛そうでも不幸でもない。ヒナコたちが今岐阜の地で生きているように、子どもたちもその地にちゃんと生きて咲いているのだ。

ヒナコは恥ずかしかった。ヒナコがしてあげたことは、きっとなにもない。ヒナコに大切なものを渡してくれたのは、子どもたちの方だった。

ヒナコはその日の日記に「もうボランティアという言葉は使わない」「一緒に生きる」と書いて、四つ葉のクローバーを大事に挟んだ。

次の日の午後には、もう帰らなければならなかった。翌日からは、学校も仕事もまた始まるのだ。

来た時と同じように、迎えのタクシーを子どもたちが取り囲んだ。汚れた手と鼻水を垂らした汚れた顔、顔、来た時と同じ光景だ。でも、ヒナコたちはエプロンを外した私服のままに、子どもたちをしっかりと抱いていた。

「おねぇちゃ〜ん、また来てや〜」

タクシーの中の三人は、誰も何も言わない。皆が同じ思いを抱え、涙が喉にこみ上げて詰まっていた。

先生たちはこの結末を知っていたように頷き、子どもたちはいつまでもいつまでも手をふっていた。

ヒナコたちは、その後も時間を見つけてはいろんな施設に足を運んだ。国立の重度の障害を持つ子ども施設を訪れたときも、また殴られたような衝撃を受けた。

そこには、寝たままで、スプーンで食べ物を押し込まれるように食べさせてもらっている子どもたちが体を並べていた。

つい切なくなって、

「先生、どんなにしてでも人は生きなければならないのですか。かえって苦しめているということもあるのではないのですか」

ヒナコは流れる涙を拭きもせずに、園長先生に言った。

ヒナコはまだ青い。保育者への覚悟は育ちきれずにいる。

少しの間をおいて、園長先生がゆっくりとヒナコに語りかけた。

「ほら、あの子たちを見てご覧なさい。あなたに会えたこと、生きることを喜んでいますよ。彼らは天使！　ほら、あなたに優しさと思いやりを分けて、高慢な気持ちを捨てさせようとしているではありませんか」

「先生……」

「ヒナコさん、彼らはこの世に生まれての仕事を今日また一つ果たしたのですよ」

行きつ戻りつの保育者となる心構えと未熟さ。ヒナコは、思い切り自分の心を叩いた。

生きるということの厳しさと美しさに、めまいがするような思いがした。

そこに体を横たえる子どもたちは、みんなが四つ葉のクローバーを手に持つ、まさに
みんなが天使、みんながコウちゃんだった。

ヒナコは、雪子とクローバーと彼らを生涯忘れない。それがヒナコの、保育者へと向
かう覚悟だった。

初公演

四度目の部屋替えが済み、岐阜での二度目の秋を迎えていた。

「ヒーナも、たまにデートでもしたらええのに」

「ウチね、彼と琵琶湖までドライブしたんよ。日本一大きな湖だって。ヒーナんとこの

会津にも、猪苗代湖ってあるでしょ。湖って海だね」

奈津美の他愛もない話に、恵子が微笑んでいる。その可愛い話に笑いながらも、ヒナコはあることを考えていた。
十九、二十歳は恋の季節でありながらも、ヒナコの恋心は少々違っていた。ヒナコ自身は気付いてはいなかったが、色々欠乏している中で、それを求めたい気持の方が恋心のように膨らんでいたのである。学生と女工、二年目の岐阜の風は様々に乙女心を揺らすのだった。
あれほど会社と学校で、気を配り心を配り中途退社や中途退学者を出さないようにと気を配っていたが、病気の為も含めて八人が辞めて行った。

奈津美のように会社も学校も、そして恋もとこなす者もおれば、恋だけを選ぶ者も、別な仕事を選んで出ていく者もあった。

慣れと平坦な時間の繰り返しは、少女たちを揺らしもしたのだ。

ある時、心待ちにしていたピアノのコンサートがあった。

ヒナコたち数人は、早番を終えると急いで着替えて電車に乗り、岐阜市内の会場まで駆けつけた。しかし「途中入場お断り」、タッチの差で間に合いはしなかった。

その僅かな時差は苛立ちとなった。

「もし、仕事がなかったら…」

「もし、学生だけの身ならば…」

それぞれが心の内で愚痴を吐く。ヒナコもまた、コンサートへの期待が砕けた失望感を持て余していた。

仕方なくふらりふらりと街を歩いていると、本屋の店先の一冊の絵本がヒナコを呼び止めた。

『しあわせなふくろう』

その表紙の、二羽のフクロウの大きな目と、ヒナコの目が出会った。

「どうしたら幸せになれるのか」と、模索する鳥たち。その中で「平穏な日常こそが幸せ」として生きるふくろうの夫婦。

ヒナコの先程来の苛立ちが、一瞬にして凪いだ。みんなも、それぞれ絵本探しに夢中になっているようだった。

ヒナコはその『しあわせなふくろう』の絵本を買い求め、そして一緒に厚手の画用紙と絵の具を買った。

寮に戻ると、ヒナコは一心にその絵を模写し始めた。

時が経つのも忘れて描き、最後にゆっくりと裏に文字を書き写すと、絵本はヒナコだけの紙芝居に生まれ変わっていた。そして、ふくろうたちの幸福感の中にヒナコは抱かれていた。


今度の部屋替えで一緒になったばかりの智子が、話には混ざらず部屋の片隅で絵を描いていた。

「上手ねえ。本格的にやってみれば…」

ヒナコは覗き込んで声をかけた。

「やりたいけど…、無理なんよ」

「そんなことない。ほんとに上手よ」

「ウチ、美術クラブに入りたかったんよ。入部の申し込みに行ったの。そしたら、一部の学生しか入れんて。…三部の学生には無理やて、時間的に。そう言われたんよ」

「そう、そうだったの。でも、そうして行動を起こしたのは偉いよ」

「不思議なもんやね。高校までの何でも出来る時には何時でも出来ると思って何もしなかったのに、出来ないと思ったら、すごーく何かがしたいんやもんね」

智子がため息混じりに言った。

「ねぇ智ちゃん、私ずっと考えていたことがあるの」

「なぁに」

「私も、智ちゃんと同じ。児童文化クラブに入って人形劇やったり、紙芝居作ったりしたいと思ってた。学校じゃ無理だって知ってる。でもね、学校で出来ないんなら、自分たちで児童文化クラブ作ればいいんじゃないかって思うの。思えば、会社の中は学生だらけだよ。智ちゃん一緒にやろうよ。絵もいっぱい描けるよ」

「でも、そんな時間ないやろ」

「ワタシ…、ワタシの辞書から消した言葉があるの」

「ん、消した言葉って、何？」

「『時間がない』って言葉」

そしてヒナコは続けていった。

「寝る時間も食べる時間も、ほら、こうやっておしゃべりしてる時間もあるじゃない。三部の学生だから出来ない、時間がないって、それ寂しくない」

「……ごめん、ウチ情けないこと言っちゃった。私達の志に一番ふさわしくない言葉やったね」

いつの間に来たのか、夏江が「いいねぇ、やろう！」と二人の間に割って入ってきた。

「時間てさぁ、少しずつ削れば結構貯まるんじゃない」

「そうだね。お金だって少しずつでも貯めれば貯まるもんね。アハハ」

奈津美も、笑いながら目を輝かして言う。

「ねえ、ヒーナやろうよ」

「やろうか」

「やろう、やろう」

五人の瞳がキラキラと光り、声が次第に大きくなる。そしてバレー部の試合の前のように手を重ねると、「オォーッ」と声と手を高く上げた。

「よし、みんなにも声をかけてくる」

奈津美が部屋を飛び出していった。

やがて次々にドアを開けて入ってきた、みんなの目が輝いていた。

みんな飢えていたんだ。思いは同じだったんだ。ヒナコの胸に熱い思いが込み上げてきた。


「いよいよ明日だね」

「ドキドキするね」

夜の十時半に仕事を終えると、さっと入浴を済ませ、十一時少し過ぎにはみんな集会所に集まってきた。ヒラリと切り付けそうな月が一層寒さを誘う秋の終わりの夜だった。

ヒナコたちは社内に児童文化クラブを立ち上げると、早速社宅の子どもたちに向けて公演を企画したのだった。毎日少しずつためた時間で、準備と練習を重ねてきた。そして、いよいよ明日が初公演の日だ。

智子は大道具小道具と、絵筆を持って最後の仕上げに取り組んでいる。奈津美やノンちゃんたちも、暗幕を張ったり舞台を点検したり、慣れない手つきで準備をしている。

ヒナコは、人形や紙芝居を揃えたりして動きまわっていた。

ふっと気がつくと、柱時計は午前二時を回っていた。しかし、まだ準備は終わりそうにない。仕事の疲れは眠さに覆いかぶさり、眠さはいらだちにかわっていく。

「結局、こんな小さな公演をするのに、ウチたちは徹夜しなくっちゃならんわけやね」

「あぁ、やっぱり学校と仕事でクタクタの精一杯！」

ヒナコには、みんなの苛立ちが痛いほどにわかる。しかし、ここを乗り切らなかったら、それぞれが自分に負ける。

「ねぇ、もう少しよ。がんばろう」

ヒナコは、みんなにも自分にも向かって声をかけた。

ようやく四時頃にごろんと着の身着のまま横になり、目覚めたときにはもう七時を回っていた。暗幕をくぐって外に出れば、太陽は刺すほどに眩しい。若い娘たちは三時間も寝ると、もう活気が戻っていた。昨夜愚痴を言ってしまった手前か、みんな黙々と最終準備に入っていた。

社宅の子どもたちが、母親に手を引かれながら入ってくる。何人来てくれるだろうかと心配したが、しだいに会場が埋まっていく。と、突然社長が入ってきた。工場長の坂井の顔も第二工場長の木下も藤田の顔も見える。ゴクリ、涙をのみこむ喉が痛かった。

やがて幕が上がる。

一人ひとりが真剣に人形を動かす。紙芝居を読む。皆んなの、精いっぱいの舞台が繰り広げられた。

大きな拍手と、小さな手を合わせた拍手の渦がヒナコたちを包みこんだ。

それは面白さや楽しさもさることながら、働きながら学ぶ学生たちの意気込みに送られた拍手でもあった。

「やれた」「出来た」

みんなの顔が、涙にぬれながらも輝いていた。

その後も数度の公演を行い、やがてそれは、後輩、その後輩へと繋がれていった。

二年目の帰省

二年目の帰省には、ある特徴があった。半帰省半旅、つまり帰省する友人について数人がその地を旅するという、友人の県巡りの旅である。

殆どが北や南のそれぞれの県の田舎に生まれ、高校を卒業するまではその地から出たことはなかった。井の中の蛙たちは岐阜という街の大海に放たれて広い世の中を知り、それぞれの町にそれぞれの暮らしがあることを知った。そして、それを自分の目で確かめたくなった。もとより、働きながら学ぼうという強い意志と行動力を持った逞しい者たちである。それに働くということは、少しずつでも蓄えれば旅する資金もある。半学生の身には、旅費に学割も効く。更に、全国各地に友人がいるということは、宿泊費が浮くということでもある。

若い娘たちは、この打算も含んだ計算と好奇心と行動力を持って、友人の故郷を拠点に旅に出たのだった。

夏には、ヒナコの家にも数人が訪れた。山形や宮城を回ってから来るものあれば、ヒナコの家に泊まり会津を旅してから他の県に移動するという者もいた。はたまた北海道に行く者もあり、その多くが九州勢だった。

冬には今度はヒナコたち東北勢が、南の里帰りに便乗しての旅にでた。

ヒナコは仕事を終えると、佐賀に帰るヒデ子ことボーイと一緒に、名古屋からブルートレインに乗り込んだ。その寝台列車でしばし身体を休め、岡山駅で降りると宇高連絡船との接続駅である宇野駅に移動し、四国行のフェリーに乗った。四国は四県を持つ大きな島で、船でしか渡れない。

時刻表好き、旅程を組むのも好きなボーイは、佐賀に帰る前に四国の旅を盛り込んでくれていた。ヒナコは、ただその行程表にのるだけだった。

ヒナコたちには、上等な個室など取れるはずもない。フェリーの船底には何人もがごった返し、ごろ寝状態で四国に渡る。ヒナコは横にはなったものの、船の揺れとともに内臓がひっくり返るような気分の悪さに、とても眠ることなど出来なかった。

下船してもまだ揺れる体でバスに乗り、目指すは愛媛の宇和島。ボーイは、宇和島から松山、松山から広島に渡る計画のようだ。それにしてもなぜに宇和島を目指すかと言えば、そこはその日の宿ともなるところだったからである。

若さがなせる技とはいえ、その宿とはかつて同室の幸子の彼氏の実家だという。他人の他人のそのまた見知らぬ他人の、幸子の彼の兄家族が二人を泊めてくれるというのだ。その地の案内もしてくれれば、二人のために近くの海で魚を釣り、新鮮な刺し身にして馳走してくれた。人は、なんと穏やかで優しいのだろう。温かいのだろう。

ヒナコはその夜、初めて五右衛門風呂なるものを体験をした。どうやってどのように入ればよいのかわからない。そんなとまどうヒナコを、ボーイがケタケタと笑った。

次の日は、広島に渡ってから佐賀のボーイの家に一泊した。その翌日には、ヒナコは長崎一人旅を楽しみ、鹿児島に向かうと今度は晶子が待っているという仕掛けだ。

晶子の案内で今も煙を吐く桜島に行き、その日は晶子の叔母夫婦の家に泊めてもらうことになった。晶子はともかく、姪の見知らぬ友人を快く招き入れてくれて、ヒナコは初めての「水炊き」というものを馳走になった。そして風呂、そこには長四角の棺箱にも似た木枠の風呂が横たわっていた。そこに、寝て入るのだという。これまた初めて目にするものだった。

ヒナコの家は風呂桶で、木で作られた桶型の風呂しか入ったことはなかった。東北と九州、これだけ離れれば風習も大きく違い、五右衛門風呂といい、寝て入る風呂と言い、文化の違いにただただ驚くばかりだった。

若さとは、若さゆえの特権を持ち、若さゆえに許されることも多い。だが、それは大人の寛容さの中に包まれてのことなのだ。ヒナコたちは若さの真ん中で楽しさに弾けて気づきもしなかったけれど、人というものの大きさの中に包まれていたのだ。

「ふるさとは遠きにありて思うもの」

外に出てみなければ、内が見えないこともある。

ヒナコの脳裏に、ふと冬の夜の光景が浮かんだ。

子どもの頃、妹と風呂に入り「熱い！」と叫ぶ。すると父親は寒さもいとわず外に出て、スコップで雪をすくって窓から差し入れたり、時には雪だるまを作って差し出すこともあった。風呂の中でジュワーッと解けていく雪が熱い風呂をぬるめ、ヒナコたちは無邪気に歓声を上げていた。

思えば、雪国ゆえの雪国ならではの光景があったのだ。

会津を離れて岐阜という地から会津を望み、四国九州の地を踏み、人に触れてみてまた別の角度からの会津が見えてくる。

そして、ヒナコはこの旅ではっきりと気づいたことがある。

それは、何処の地にも人が住みそこに人の暮らしがあるということ。それは当たり前すぎるほど当たり前なのだが、その当たり前さにはっきりと気づいたのである。

ヒナコは子どもの頃、東京は異国のように見えていた。盆に帰省する若者たちは一皮むけたような顔つきと服装をしてスマートに町を歩き、子どもたちは青白い顔をして、刈り上げや三つ編みのヘアースタイルに半ズボンやスカートを履いていた。

一方田舎の子どもは、艶やかなな赤いほっぺをして坊主やおかっぱ頭に袢纏を引っ掛け、まだ下駄や草履も履いていた。

しかし、東京に戻った若者の日常にも田舎と変わらぬ労働があり、子どもたちにもよそ行きではない暮らしがあったはずだ。

田舎にも都会にも、北の地にも南の地にも人の暮らしはそれぞれにあったのだ。

卒業すれば、ヒナコは故郷に帰る。岐阜や名古屋のような華やかさなどない、静かな田舎町に帰る。文男が染まっていったような都会の色などもない。でも、やがて帰り暮らす所、それはそこが自分の中心地となるのだとヒナコは思った。

遠くから見る故郷は、ヒナコの中で小さな星のように輝やいていた。

成人式

それぞれが年末年始の休暇を終え、また元の暮らしが始まった。だが、この年の始まりは一味違った。

会社に三台の大型バスが待っていた。

これから三重県の伊勢市に向かう。

かれこれ百五十人の社員が成人式を迎え、伊勢神宮でその祝いの式を行おうという会社のはからいだった。派手な振り袖などないが、それぞれに精一杯のおしゃれをしてバスに乗りこんだ。

むかし、会津から伊勢までは生きて帰れるかどうかもわからないほど遥かに遠く、「お伊勢参り」に出かける時には家族と水杯を交わしたという。その命がけほどの旅に一緒に出かける仲間は、「伊勢兄弟」といって生涯兄弟同様の付き合いをした。そんな伊勢神宮に、岐阜からは日帰りで行ける距離だということにまず驚いた。そして、会津では一度は行ってみたいと誰もが憧れる伊勢神宮に、しかも成人の記念に行けるということが、ヒナコには驚くべき事だった。そして更に驚いたのは、外からの参拝ではなく神宮の中に招き入れられたことだった。

その御神楽殿は、村の神社とはまったく違い、重厚な趣を醸し出していた。

皆が恐る恐ると中に入り、その神聖なる空間に緊張しながら正座した。

神職が、新成人の誕生を祝い社会に貢献するよう祈願し、楽師による神に捧げる優雅な演奏と舞が始まった。北と南の違いはあれ、皆田舎から出てきた少女たちは雅楽の生演奏などだれも聴いたことがない。もしかしたら、雅楽そのものさえ知らない。その雅やかな調べは誰もの心に静かに浸透し、誰もが崇高な感覚と感情に浸った。

神に何かを告げられたわけでも、大人たちに何かを説かれたわけでもない。だが、皆の胸のうちに「二十歳」という響きと自覚が、雅楽と共鳴するように広がっていた。

岐阜の地に集い来たればこそ、会社側の「二十歳を厳かに優雅に祝ってあげたい」という親心につつまれればこその成人式であった。

しかしそれには落ちもあって、会社に戻ってから各部屋では大きな笑いに包まれていた。実は、雅楽の演奏に酔いしれ、ご祈祷に大人の自覚を生み出したまでは良かったのだが、正座のままにかなりの時間を要したため、皆の足がジンジンとしびれた。足が、倍もの大きさに膨れ上がったような感覚だ。ゆっくり立ち上がったものの、数人が全く足の感覚を失いバタリとうつ伏せに倒れてしまった。

それもまた、大人への一歩ではあったのかもしれない。


ヒナコには、成人式への招きが三回あった。

雪国のヒナコの故郷では、町外に出ている若者が集まりやすいお盆に成人式を行うようになっていた。それで、ヒナコは盆の帰省時に故郷の夏の成人式に参加していた。

二十歳というのは、人生の大きな区切りだ。今まで何処かにまだ子どもという甘えがあったが、二十歳はたとえ学生といえども実質上の大人となる。

ヒナコはそのけじめを何らかの形で付けたいと思った。そして思いついたのが、成人式に来ていく服を自分の手で作ることだった。だが、ちゃんと作れる自信も知識もない。しかしそこは、洋裁学校に通うマッちゃんに教えてもらうことにした。少し前には、やはりマッちゃんに教えてもらって浴衣を縫って母に送っていた。今度は、大人になる自分への服を作る。

マッちゃんと岐阜のデパートに行って、片裾にレースのある黒の生地を選んだ。そして、数日をかけてノースリーブのワンピースが仕上がった。黒い生地に黒いレースが上品に思えて、それだけでなんとなく大人になったような気がした。

故郷で行われた成人式の皆の華やかな洋服の中で、多少ぎこちなさはあったものの、ヒナコは自分自身を晴れがましく思った。

三度目の成人式は、岐阜でのことだった。そこに参加する人もあり、また故郷の冬の成人式に帰省する人もいて、寮の中はしんとしていた。

ヒナコはその閑散とした寮で、五木寛之の『人間の條件』をひとり静かに読んでいた。

二十歳を迎えるには様々な形があり、様々な思いがある。

少女たちはそれぞれに薄い衣を一枚脱いで、それぞれに大人になっていった。

（三）

夕雨子

寒さもほどけて光が和らぎはじめ、ヒナコたちは岐阜での最後の年となる三年目を迎えていた。昨年はヒナコの高校からの後輩も来て、この年は与論島という遠い島からの後輩も出来た。それぞれの出身地は、日本地図を制覇しそうなほどだった。

会社も三年目ならば、短大も三年生となったばかりの、四月半ばのことだった。

遅番の仕事が終わる少し前、夕雨子が話しかけてきた。

「ねぇ、仕事が終わったら少し話があるんだけど……」

その言葉と声に、少し影があった。

夕雨子とは、部屋は一度も一緒になったことはないが職場はずっと一緒で、共に看護婦のような帽子に二本の線を持つ。つまり、各ミュール台ごとに置かれた班長の役目を持っていた。

夕雨子はとても同じ年とは思えないほど、言動に落ち着いた大人の雰囲気を持っていた。


昨年の秋、遅番の夜のことだった。

ヒナコは、学生としても女工としても毎日が充実し、その頃になると大晟な好奇心も手伝って、工場の男の人が行う作業なども少しずつ手伝うようになっていた。

ミュールという紡績機は、糸の種類が変わる毎に、機械を止めてきれいに掃除をしてから次の糸に切り替える。掃除が終わったところで機械を動かすと、かれこれ十メートルほどの長さの機械が、まるで大波を海に返すように動く。

その日も掃除が終わり、機械を動かそうとヒナコは真ん中にあるハンドルを回した。

「ガッシャーン」

「あ―――っ」

機械の音と悲鳴が、同時に聞こえた。

見れば、夕雨子が機械の台の上にうずくまっていた。

ヒナコは声も出ず、体が震えて止まらなかった。まだ作業をしていた夕雨子に気づかずに機械を動かしてしまったのだ。幸いに夕雨子はとっさに台に飛び乗ったので、怪我はなく済んだ。しかし一歩間違って機械に挟まれでもしたら、命さえも落としかねない事故になっていた。

ヒナコはまだ震えの止まらない体で、「ごめんなさい。ごめんなさい」と言い続けた。

「大丈夫よ。ヒナちゃん、私忍者みたいに身が軽いんだから。大丈夫！」

「ごめんなさい。ごめんなさい」

「大丈夫、大丈夫」

謝り続けるヒナコをいたわるように、夕雨子は大丈夫を何度も繰り返した。

この事件がヒナコと夕雨子の距離を一挙に縮め、二人は、互いに未来を語り共に夢見る大事な存在となっていた。

その夕雨子が、改まって話があるという。

仕事が終わると、二人は、裏庭の池のそばに腰を下ろした。丸く刈り込まれた庭木が静かに並び、小さな明かりが小さな池を照らしていた。

「夕雨ちゃん、話って……」

そういいながら、どこか聞きたくもないような気がしていた。

「あのね、ヒナちゃん。私やっぱり……、やっぱり……仕事やめることにする」

「………」

そんな気がしていた。ヒナコはうなだれて、小さく首を横に振っていた。

「私、北海道に帰るわ」

静かに言う夕雨子に、ヒナコは顔を上げて言った
「いやだよ、夕雨ちゃん。一緒に卒業しようって言ったじゃない。卒業までもう一年を切ったんだよ。今やめたら、今までの二年間はどうなるの。何もなくなってしまうんだよ。資格取れないんだよ」

「ヒナちゃん、何もなくなるなんて言わないでよ。私、今まで一生懸命やってきたもの。それに、こうして素晴らしい友だちもできたわ。ねえ、ヒナちゃん。私の分も頑張ってちゃんと卒業して、絶対に保母さんになってね。私の夢もヒナちゃんに託すわ」

「夕雨ちゃん、それで後悔しないの……」

ヒナコは涙声で言った。

ヒナコには、北海道に帰ろうという夕雨子の思いは、本当はわかっている。でも、言わずにはいられなかったのだ。

「ヒナちゃん、彼はね、彼の病魔はね、私の卒業を待ってはくれないの。彼はもう少ししか生きられない。二十歳という若さで命を閉じなければならないの。そんな残酷な事実の前にいるのよ。今なの。今しかないの。いま彼の傍にいてあげなかったら、それこそ、私一生後悔すると思うの……」

黙って涙をこぼしているヒナコの顔を覗き込んで、夕雨子も泣きながら言った。

「人としてそうっしょ。ヒナちゃんならわかってくれるっしょ」

夕雨子の北海道弁が辛い。ヒナコは、泣きながら何度も何度も首を横に振った。その否定の行為を繰り返しながら、ヒナコは夕雨子の気持ちを受け入れるしかなかった。

それからしばらくして、北海道の小さな町の病院に入院している彼のもとに、夕雨子は春の終わりとともに帰っていった。

夕雨子は今を生きるために、二年間をかけて築いたものを未練もなく捨てて行ってしまった。ヒナコには、短大を卒業し保母になるという目標がすべてだった。いやヒナコに限らず、誰もがそうではなかったのか。それなのに、間もなく消えていく命の元へと向かって行った夕雨子。何の打算も欲もない愛という形、夕雨子の見事なまでの生き様はヒナコに大きな衝撃を与えた。

大人になるということは、子ども時代からの目線を少し高くして見える視野の広がりなのだろうか。ヒナコは大人への階段を、一段夕雨子に導かれた気がした。

少して、夕雨子から手紙が届いた。甲斐甲斐しく彼の世話をし、ずっと彼のそばにいる。間もなくの悲しい結末が待っていようとも、それは結婚式の招待状のように幸せに満ちていた。

就職試験

学校の掲示板に、求人案内の貼られる季節に入っていた。しかしそれは、岐阜県内や名古屋や大阪など岐阜からそう遠くない地域ばかりで、東北や九州などからはあろうはずもなかった。

そうなると学校を当てにするわけにもいかず、家族や親族に頼って探してもらったり、自分で動く他はなかった。

時代は就職難に入っていた。

しかし世間とは面白いもので、帰省中の電車の中で彼氏ができる人もあれば、電車で隣に乗り合わせた人の縁で就職が決まる者もいた。東京や埼玉などの新興住宅街では、保育施設も足りなければ職員も足りない状況にあり、電車の中でその斡旋と面接試験が行われたようなものだった。

しかし、ヒナコはなかなかの苦戦を強いられていた。故郷に帰ると決めてあるヒナコには、遠く会津まで就職活動に行くわけにも行かない。ヒナコは父親を取次役として、一通また一通と履歴書を送った。

その夜、ヒナコは夢を見た。

それは長良川のような大きな川で、激しい濁流が押し寄せていた。その大きなうねりの中を人が流されてくる。ヒナコは夢中で川に飛び込み、やっとの思いで救いあげた。なんと、それは祖母のノブだった。

ヒナコは、朝を足踏みするように待って家に電話をかけた。村に一つしかない電話は、母を呼んできてもらうまでに時間がかかりもどかしい。走ってきた母をいたわる余裕もなく、「母ちゃん、ばんちゃは変わりない」と早口で尋ねた。

「それがなぁ、ヒナ…」と母は口ごもる。

「なに？　母ちゃん、どうしたの」

「実はなぁ、ばんちゃの具合が昨日急に悪くなって、お医者様に、近い人みんなを呼んだ方がいいと言われてなぁ。茨城のおばちゃんにも、来てもらったんだよ。んでも、ヒナは遠いし学校もあるしなぁと思って教えなかったんだ…」

「何で！　母ちゃん、何で教えてくれなかったの」

「ううん。でもな、今朝がた三時頃から落ち着いてなぁ、みんな安心したところだよ」

ヒナコはふ〜っと息をついて「そう、よかったなぁ」と答えながら、三時と言えば濁流から祖母を救いあげた頃だと思った。

ヒナコが岐阜に発ってから、ひもじい思いをしないようにと、まるで出征兵士のように毎日陰膳を供えてくれていた祖母だ。

「ばんちゃ、もう少しで帰るから待っててな」

ヒナコは、そう心の中で言った。


「隣町の保育所で保母さん募集してるって聞いたから、早速願書出してきたぞ」

そう父から連絡があって、「試験の日は、一月二十日、水曜日だからな」と再び連絡が入ったのは、十二月も押し迫った頃だった。

そして年をまたいで、試験日前日となった。

学校もまた、最後の試験期間に入っていた。

都合よく水曜日は学校が休みだ。前日火曜日の試験が終ると、あらかじめ用意していた荷物を持って、ヒナコは故郷へと向かった。

最後の帰省となるであろう今度の帰省は、一番短く一番緊張を伴っていた。

汽車とタクシーを乗り継いで、試験の行われる隣町の役場に着いたのは十二時半を少し回っていた。

古い木造の町役場は、雪の中に落ち着きはらって建っていた。昼休みらしく、雪の上の広場で職員の数人が野球をしていた。タクシーから降りたヒナコに気づくと、若い娘がタクシーを利用してきたことか、冬のさなかにスカートを穿いているせいか、珍しそうにみんなの視線が集まった。ヒナコは、軽く会釈をして役場の中に足を踏み入れた。雪の眩しさから室内に入れば目の前がふっと暗くなり、急に別世界に踏み込んでしまったような錯覚に陥った。

目が慣れるに従って、ようやく建物の中が捉えられるようになった。そして、赤い矢印の下に『採用試験会場』と書かれた文字が目に入ると、急に現実に引き戻された。と同時に、室内の職員の目もまた自分に注がれていることにも気づかされた。

「あぁ、試験受けに来た娘か」と見られているようだ。するとその中から丸顔の女性が走り出て、「こっち、こっち」と招いた。そして、その先の狭い階段を登りきると、「ここで少し待っててぇ」と一室に案内された。

「一番のりか」まだ誰も来ていなかった。ぐるりと見回すと、会議用の机が二つ並べられ、天井には季節外れの扇風機が寒そうについていた。

少しして、もう一人が入ってきた。もの馴れた感じで、ヒナコに気さくに話しかけてきた。

「本当は七、八人受験希望があったんだけれど、実際に受けるのは私たち二人だけなんだって」

実家がこの近くだという娘は、この町の事情に詳しいようだった。

「会議室」といかめしく書かれた広い部屋で、たった二人だけのための試験が開始された。筆記試験の後には面接試験、役場隣の小学校の校長先生が面接担当らしい。温和な顔と声で、いくつかの問いかけをしてきた。まずは、第三部の学生という身分立場に興味を引かれた様子だった。おそらく、教職にある校長先生も「第三部」という存在を初めて知ったに違いない。

それにしても、ヒナコの三年間を問われるには、あまりにも短い時間でもあったような気がした。

試験を終えて役場の外へ踏み出すと、頭がくらっとするほどに眩しかった。角を曲がり役場が見えなくなったところで、ヒナコは後ろを振り返り「ほうっ」と息をつきながら空を見上げた。三年間の終わりから出発点に繋がるかも知れない空だった。

ヒナコは軽く一礼をして、バス停へと向かった。明日はまた学校の試験が待っている。試験の間に挟まれていたとはいえ、ちょうどその日に当ててくれたかのような水曜日の就職試験だった。


夜の十一時過ぎ、会津若松から上野行きの寝台列車に乗った。明日に備えて試験勉強をするつもりだったのだが、いつしか眠ってしまったらしい。昨日からの移動と、試験の緊張からの開放が睡魔を呼んでしまっていた。

「アカバネ〜、アカバネ〜」

そのアナウンスに、ヒナコは飛び起きた。

何の試験勉強もしないまま、終点上野の一歩手前の駅ではないか。ヒナコは愕然としながらも、急ぎ身支度を整えるしかなかった。

東京駅からは始発の新幹線、夢の超特急「ひかり」に乗り換えた。

東海道新幹線は、東京オリンピック開会直前の昭和三十九年十月一日に開業されていたが、学生の身のヒナコはまだ利用したことがなかった。しかし、少々料金がかさむが、明日の試験開始時間までには学校に着かなければならない。そんな理由をもって、ヒナコは初めての新幹線に乗った。

静岡あたりで何やら人のざわめきがして教科書から目を上げると、目覚めたばかりの赤い光を纏って富士山が美しい姿を見せていた。

そちこちで感嘆の声が上がり、多くの人が立ち上がって手を合わせていた。ヒナコもまた、そっと手を合わせて未来を願った。

行く春

今年も、ヒナコは角の花屋から菜の花を二本買ってきた。茎には縮れたような葉が数枚ついて、蕾の先に小さな黄色の花びらが咲きかけている。

菜の花は、優しく心を揺らして故郷を思わせる。あの会津の待ちわびた春、遠くに磐梯山、田んぼにはれんげ草を喰む牛、その向こうに広がる菜の花畑。穏やかな喜びに満ちた、ヒナコの春の風景だ。

　だから、ヒナコは菜の花を買う。

　そんなヒナコの元へ隣町の保育所への採用通知が届いたのは、三月も十日を過ぎていた。不採用だった場合の先を考えていなかったから、その通知にほっと胸をなでおろした。しかし、もっと喜び、もっと心が弾んでもいいはずだが、ヒナコの胸の内はなぜかブルーだ。

　三年前、学生と女工のスタートラインに立って、ひたすら「卒業」と「就職」のゴールを目指した。それだけが夢であり目的だった。しかし、いまゴールに辿り着いてみれば、目的だけが目標ではなかったような気がする。

「目的に向かってただひたむきに進んだ、その過程こそがかけがえのないものだったのだ」と、そのブルーの感情の中に湧き上がってくる。

　菜の花を花瓶にさす手を止めて、三年前の春の初めに岐阜の町に降り立った時のことをヒナコは思い出していた。あの同じ思いで集まった人々の多くが、今度は九州へ北海道へ東北へと鮭のように故郷の川へと帰っていく。あの時ひと握り持ってきた不安と希望を、今度は反対の手に持ち替えて帰っていくのだ。

「なぁ、犬山に行ってみぃへん」

ボーイ、シマちゃん、ウサちゃん、クリちゃん、この地で初めて出会った二の七号室の五人で出かけることにした。もう、あの時のようには「イヌヤマ」のアナウンスに聞き耳を立てることもなく、車窓からゆっくりと外を眺め、ゆっくりと犬山の駅に降り立った。みたらし団子を食べ、げんこつ飴を頬張った。あのとき「がんばりや」と言ってくれたおじさんかどうかはわからなかったが、「おじさん、私らがんばったで」とみんなそんな顔をしていた。

眼下にあの日と同じ木曽川、唇からあの日と同じ歌がこぼれる。

　志を果たして
いつの日にか帰らん
山は青き故郷
水は清き故郷

あの日とはまた違う涙が、膨らんでは落ちた。

卒業式には、誰もが胸を張って望んだ。

黒のスーツは入学式に着た服と同じ。代わり映えのしない地味な服装だったけれど、誰もが内側から輝きを放っていた。

その輝きは、短大の教授陣にとってもまばゆく映った。

岐阜市と関市の二つの短大の学長からは、違う会場にありながら、いずれも同じような餞《はなむけ》の言葉がおくられていた。

「皆さん、ご卒業おめでとう。心から、心を込めて、お祝いの言葉を申し上げます。

昭和四十三年四月、この国に初めて第三部という制度が設けられ、皆さんはその第一期生として入学されました。それから三年、私達の期待をはるかに超えて、学び、活動された姿に、心からの敬意を表します。

まだ時代は、残念ながら『女子に高校以上の学歴を』と、声高に言う時代ではありません。しかしそれでも皆さんは、学びたいという意欲の元、働きながら学び、資格を取ろうという強い意志を持って全国各地から入学されました。

親の経済力に頼らずに、自らの人生を自ら切り開こうというその熱意と努力、学ぶとはそういう姿勢であると、私達こそ皆さんから学ばせていただきました。心からの感動と皆さんへの敬意を持って、皆さんとこの三年間をともに出来たことを喜び、学校としての誇りを持って皆さんを送り出します。本日は、誠におめでとうございます」

学長の少し潤んだ言葉に職員の誰もが頷き、そっと目頭を押さえる職員の姿も見えた。

確かに、親の経済力には頼らず、各自が自分の道を切り開いたと言えるだろう。勉学と勤労を両立させた原動力は、女性にとって「学びに飢えた時代」であったこと、学びと労働の中に一般の学生にはない「飢えた時間」が置かれたことだったかもしれない。

卒業式後の職員たちの間には、気だるい空気が漂っていた。

達成感と、親心のような安堵感かもしれない。

初めて三部制を導入し、どう対処しどう導いていくか、教師側の戸惑いも緊張も大きかった。授業も試験も実習も、どう運ぶべきか迷った。多くの時間を要する「実習」の持ち方は、学校も会社も受け入れる施設でも迷った。

しかし、案ずるより産むが易しのごとく、学生の意欲に圧倒されながら教員もまた自らを成長へと向かわせていた。会社も施設も時間をやりくりして支援した。

気だるい職員室に夕闇が迫る。

「教師として、充実した三年間やったわ」

「恥ずかしながら、こんな気持初めて……」

「内心この制度に反対やったけど、僕の負けや、嬉しい完敗や」

「がっぷり四つの、横綱相撲やったね」

「んでも、なんやわれらが引っ張られてきたような気もしますな」

「まぁ、高校までの前段で成績優秀な生徒が多かったし、運動やいろんな活動においても真面目に取り組んできた娘たちだったよって、意気込みが違ごうたわ」

「ほんと。なんやみんな目つきが違いよった。ええ目してたなぁ」

「これから、女子の進学率は増えていくんやないですか」

「今日は、なんや豊かになった気いしますなぁ」

職員室はしっとりと潤っていた。

もう一つの卒業式

会社では、第一期生の卒業を祝い盛大な送別会が催されていた。

まず社長が挨拶に立った。

「みなさん、本日はおめでとう。光陰矢の如しといいますが、まったく歳月の流れは速いものです。皆さんが入社されてから早三年、我社にとっては集団退職者を見送るという形になります。会社にとっては妙な気分と光景ではありますが、私はなんとも晴れやかな思いに満たされております。

皆さん、この三年間本当にありがとう。これからは、皆さんの本来の夢である仕事に向かって、全国各地で活躍してください。いや言わずとも、そうであると堅く信じております。今まで本当にありがとう。そして、心からおめでとう！」

たしかに、集団の退職者をおくる会社側にとっては、本来なら祝い事であるはずがない。複雑な思いであったに違いない。だが、会社は営利を求める企業でありながら、親心のような思いであったことも事実だった。

次に、坂井が泣き顔を押し込めたような顔で登壇した。

「みなさん、ここに高い教養と専門的知識を習得され、めでたく短大、洋裁学校を卒業されましたこと、心からお祝いを申し上げます」

坂井は少し硬苦しい言葉を並べて自らの感情を押し込め、そして続けた。

「皆さんが入社されたのは工場増設直後で、こちらも何かと落ち着かずにご迷惑をかけたことやと思います。また、みなさんは短大第三部の創設第一期生ですので、学校生活においても不都合が多かったことやと思います。会社においても学校においても、先輩のいない開拓者でしたね。しかし、さすが北海道から鹿児島までの、全国より『働きながら学ぶ』という目標のもとに強固な意思を持ってこられた方々です。皆さんは、私たちが今まで若い人たちに対して抱いていた負のイメージを、大きく覆しました。…させてくれました。皆さんの姿を見ながら、学ばされたのは私達です。…ありがとう」

坂井の声がかすれる。しかし、深く息を吸って坂井は続けた。

「会社の仕事、学校、寮生活と、精神的にも肉体的にも大変なことが多くあったことやと思います。しかし皆さんは共に励ましあい、助け合って苦難の道を乗り切ってこられました。私たちもできるだけ話し合いの機会を多く設けて、少しでも皆さんの支えになるよう努力してきたつもりです。

皆さんはこの制度の一期生として、職場、学校、寮、クラブ活動などに於いても自主的管理のルールを築き、後輩の人たちに対しても、温かく愛情のある豊かな道を見事に示してくれました。皆さんの切り開いてくれた道を、後輩たちが更に踏んで広げ固めてくれることでしょう。皆さんの築かれたあゆみは、今後会社の発展とともに永遠に残ります。

皆さんの前途には、希望に溢れた広々とした社会が待ち受けています。充実した人生を展開してください」

坂井の話は途中から震え、終わりには言葉をつまらせた。ヒナコたち卒業する社員たちの間からは、終始鼻を啜る音が聞こえていた。

課長や係長たちからの餞の言葉も続く。

「春夏秋冬と三度の季節を乗り越え、今めでたくご卒業される皆さん。よくやった！の一言です。おめでとう！」

「いま私らは別れて行くけど、あんた方が努力して取得した資格は一生あんた方と別れることはないけんね。長い人生の中で輝き続ける事間違いなしや」

「皆さんは、我が家にとっても良い手本でした。朝寝坊のわが子を起こす時、テレビばかり見ている時、進学を嫌がる時、必ず皆さんの日常を話して叱ったもんですわ。皆さんのように育ってほしいと願い、希望にもなりよった。ありがとう、おめでとう！」

「これからは、それぞれに郷里に帰ったり、各地で就職されたりするわけやね。岐阜、会社、我々をお忘れなく。いつでも遊びに来てくださいや」

「これから色んな困難にも出会うやろが、皆さんなら大丈夫。各種各方面において指導的立場にたち、社会に貢献して下さい。これが高度の教養を身につけられた皆さんに課せられた任務ではないやろか」

　こんな、会社と女工たちの関係が他にあろうか。「女工哀史」も「あぁ野麦峠」も踏み越え、会社と社員も越えた人間愛に満ちた会社の卒業式は、この地、この会社を去りゆく誰もの胸に染み、心に深くしまい込まれた。

別れのワルツ

会社の卒業式ともいえる送別の式後には、お別れの宴が開かれた。プロを招いてのジャズ演奏もあれば、卒業生たち各自各グループによる出し物や郡上おどりの場面もあり、和洋折衷何でもありの大宴会となった。

会社側は乙女たちの晴れやかな笑顔の中に一抹の寂しさを感じていたが、企業として誇らしかった。寂しいけれど嬉しいのだ、誇らしいのだ。ことに坂井は、第一期生の完成の美にみとれ、達成感とともに感動に包まれていた。

繊維業界と短大、女工と資格の獲得、働きながら学ぶ、学びながら働く、それぞれのとまどいや葛藤が背景にあったが、それらは若い乙女たちの向上心と好奇心が払拭してくれた。計算づくなどない純粋な少女たちの生き様は、誰もの胸を打つ。

柳行李に、期待と不安も詰め込んで故郷を発った三年前。

いつも時間とかけっこをしてきたような日々。

早番の日の月の冷たさ、遅番の時間の流れの遅さと眠さ。

伊吹おろしの風は冷たく痛かった。「この空っ風に慣れれば強くなれる」と。

初めての給料は、みんなが家族になにかを送った。
初めて化粧品を買って、ささやかなおしゃれをして、小さな恋もした。
通学のバスでうとうと、窓ガラスに頭をぶつけて起きた。
繋いでも切れる糸。また繋いで、また繋いで、繋ぎ続けた日々。
故郷の方向がわからず、星を見て涙ぐみ、布団をかぶってひとり泣いた日。
そんな数々の日々があった。しかし、
夢と未来は自分で作るもの。
多くの仲間がいたから一緒に歩いて来れた。
一緒に笑い、一緒に旅し、一緒に資格を得ることが出来た。
そして、会社が大きく包んでくれたから夢が果たせた。
その感動の渦の中に、静かに「星影のワルツ」の曲が流れ出した。
別れることは辛いけど
仕方がないんだ君のため
別れに星影のワルツを歌おう

この歌いだしに始まる「星影のワルツ」は恋する者たちの別れの歌であるにも関わらず、別れゆく少女たちの心に、凍みて、凍みて、凍みた。

別れに星影のワルツをうたおう
遠くで祈ろう　幸せを
遠くで祈ろう　幸せを
今夜も星が降るようだ

誰もが、泣いて泣いて泣いた。多分、学生だけではこの絆は結べなかった。勤労と学生を繋ぐ会社があった。苦しさや悔しさは人生のスパイス、興味や意欲や好奇心は心の栄養、その全部を共有できる多くの仲間がいた。それが「第三部」の誇りだ。

その宝を抱え、翌日から一人また一人と新しい世界へと旅立っていった。

（四）

繋がる空

「せんせぇ～」

「ねぇ、せんせぇこっちだよ～」

ヒナコは子どもたちに手を引かれて我に返った。

「あっ、ごめんね。今とってもいい香りがしていたんだよ」

「ふ～ん、お花のにおい？」

「お菓子のにおい？」

「う～んとね、両方の匂いがするとっても素敵な香り」

ヒナコは、こういった具合に突然に香りが身体を通り過ぎることがある。正確に言えば香りではなく、「想い」なのかもしれない。空に向かってそっと手を振れば、桜の花びらを散らすような柔らかな風がヒナコを抱く。

そんなヒナコに、ある日一通の案内状が南風に載って運ばれてきた。

皆さまいかがお過ごしですか。

さぁ、再会の時です。

あれからのこと、あの時のこと

夜を徹して　語り合いましょう！

差出人は、ヒナコの反対班で青葉寮だった小川梅子を中心として、数人の名が並んでいた。多くの仲間がいる九州では時折集まっていたが、それを拡大して全国の仲間たちに呼びかけてくれたのだった。

十年目の、「長良紡績会社同窓会」の案内状だった。

足踏みをするように待った七月末、ヒナコは後輩のヒトミと共に会津を発った。ヒトミも一年遅れに卒業して、地元の保育所に勤めていた。岐阜の地で咲いたタンポポの種は、再び会津に舞い戻って二輪、咲き始めていたのだ。

その日、新幹線で、飛行機で、車で、電車でと、全国各地から翔るように岐阜の地に皆が向かった。

そして、会場のホテルに着いた。

会を企画した九州の梅子や敏江や幸恵たちが受付役で座っていた。岐阜の地に嫁いだ静子もいる。

誰もが駆け寄る。歓声を上げ、抱き合い手を握る。涙でくしゃくしゃの顔、顔、顔。

久しぶりの再会にと気合を入れた化粧も髪も乱れ、十年重ね着た衣装もすっかり脱ぎ捨てて、時はあの頃の乙女に戻っていた。

感動の瞬間を経てその日の長良川沿いの宿に荷物を置くと、みんなで会社に向かった。しかし、あの懐かしい会社の姿はもうない。会社の規模は縮小されて移転したとは聞いていた。わかっていたが、それでも皆は会社のあった場所に行きたかった。行かずにはおれなかった。そこに皆の青春があるのだから……。

会社の状況を聞けば、ヒナコたちが卒業した翌年度の昭和四十七年の入社入学者数は卒業者の半数程になり、昭和四十八年には新入社員は一人もいないという状況になってしまった。

岐阜商工会議所や坂井や各会社や短大が、あんなに思いをかけて生んだ会社の仕組みや第三部制度は打ち上げ花火に過ぎなかったのか……。

実は、ヒナコたちが卒業するあたりから、繊維業界の雲行きはおかしくなり始めていた。対米輸出自主規制や円高、発展途上国からの輸入の自由化に伴って、低価格で大量の繊維製品が流入するようになった。更に昭和四十八年には第一次オイルショックが日本経済を直撃した。そんな様々な背景があって、繊維業界は急速に体力を失っていった。しかし、会社はそうした状況にありながらも、昭和四十七、八年入社までの働きながら学ぶ者たちに声援を送り続けた。

思えば、ヒナコたちが卒業退社する頃にはその影は見え始めていた筈だ。だが、会社はおくびにも出さずあのように盛大に見送ってくれていたのだ。

誰もが会社に感謝し、そこから巣立った者たちが、その恩を忘れられるわけがない。会社とは親子、仲間たちとは姉妹のような絆を結んでいるのだ。

その、岐阜の実家ともいえる会社の姿は見えない。

誰も無口で、誰もがハンカチで目頭を押さえていた。

しかし、形は消えようとも実家への思いと姉妹の絆は消えない。その夜は眠るなどもったいなくて、十年の空白を埋め合うように、あの乙女時代のように語って語って語り明かした。

三十歳代に入り、多くが結婚をして子の親になり、職場でも中堅どころに入っていた。少しふくよかさを纏ったその逞しさが、それぞれの十年の時を語っていた。

その後も、三年に一度の長良紡績卒業者による同窓会が、会を立ち上げた九州勢が、梅子を中心として先導してくれることになった。そして、その会は半世紀を超えて続けられることになるのである。

あの時、第三部には多くの会社から多くの学生が通っていた。しかし、会社単位の同窓会が行われている話は聞いたことがない。全国各地に散る仲間たちに連絡を取るのも容易ではない筈である。梅子たち九州勢の愛情と熱量、ヒナコは会社と仲間たちに恵まれた幸せを噛みしめる。

この会は、岐阜の地を核として各出身者の故郷や現在住地などを回って開催された。大阪、横浜、奄美、その間に岐阜をはさみながら開催され続けた。

いつの、どこで開催された会も楽しかったが、人生いつも順風満帆とはいかない。卒業してから三十四年が経った平成十七年、福島で開催された時の会は、思い出しても痛くて辛い。ヒナコに限らず、おそらくみんなが痛くて悲しかった。

明子を中心に進めるはずだった福島開催の会が、ヒナコにバトンが回された。

明子は福島市の出身で、同じ県内とはいえ会津とは遠く離れていた。会社では明子は反対の班で青葉寮だったから、一緒の部屋になるということもなかった。しかし明子も第二工場で、互いに夜食を届け合ったり、県人会では一緒に出かけたりもしていた。故郷を遠く離れての県人会は、やはり一味違う絆を結ばせる。卒業してからは、明子も保育の仕事についていたから、たまに会ったり電話で情報を交換したりもできた。

明子の同窓会に込める思いは強く、福島にみんなを呼びたいという願いを受け、三年前に次は福島で行うと決めてあったのだ。明子を中心にその後輩の正枝、そして会津からヒナコとヒトミが合流するはずだった。なのに、ヒナコにまとめ役のバトンが回った。

その日、福島市飯坂で開かれた「長良紡績会社同窓会」には、いつもの会のように全国から集い、いつものように再会を喜びあって、そして集って宴席についた。

まだ挨拶も何もない無音の刻を割って、宴会場に設けられているステージの幕が静かに開いた。

そのステージ上には、後ろにバンド仲間を控え立つ真っ赤なドレスを着た明子の姿があった。

ドレスを支えているのは細い二本の肩紐で、真っ赤なドレスは足首まで明子の体を包んでいた。肩も背中も鎖骨を少し浮き立たせた胸元も、肌の色は白く光っていた。

明子の事情を知るみんなは一瞬驚いたが、やがて大きな拍手が湧き上がった。

明子が歌う。滑り出しは、明子が大好きだった笹みどりの『下町育ち』。そしてもう一曲を歌うと、少し静かな間をおいて再び歌い始めた。

　う〜さ〜ぎ〜追〜いし　か〜の〜山
ヒナコたちには、共通して忘れられない曲がある。若く眠い体を早朝に揺り起こされた「ドナウ川のさざなみ」、誰もが「志を果たして、いつの日にか帰らん」と誓って歌った「ふるさと」、そして別れに涙ながらに歌った「星影のワルツ」。

その忘れがたい曲を明子がしっとりと歌えば、誰もがあの頃の想いと明子の身とを重ねて泣いた。

明子は重い病の身にあった。この日に合わせて必死に体調を整えて出席したのだった。全国各地から集った友人たちは一様に彼女を案じた。しかし、その笑顔は輝き、華やかで美しかった。

真っ赤なドレスの内に病を包む明子と懐かしく愛しい歌、二つが絡んで溶けて、誰もが、抑えても抑えても涙が止まらない。

その夜、明子がホテルに泊まることは叶わなかった。懐かしい話を語ることも笑い合うことも叶わなかった。

翌朝、仲間たちはまぶたを腫らしたままにそれぞれの日常に戻って行き、明子は東京の病院へと向かった。

……やがて、明子の命は閉じられた。

長い年月の中には、それぞれにそれぞれの人生があった。

その朝、ヒナコはヒトミと一緒に会津若松六時発の電車で岐阜の地に向かった。

あの頃一日がかりだった岐阜へは、半分ほどに短縮されてお昼を少し過ぎた頃には着く筈である。

時を同じくして、北海道や東北、九州や四国、関東や関西

各地からも、それぞれに岐阜の地を目指していた。

最後の「長良紡績同窓会」が開かれるのである。

出会ってから五十年の時が過ぎ、皆が古希を越えて喜寿の坂を登り始めていた。

別れてからこの間、戦争にこそ遭わなかったものの、阪神淡路大震災、東日本大震災と原発事故、大雪や大水害や各地を揺さぶる地震、全世界を覆ったコロナ感染症などが各地を襲った。

そしてまた、誰もが七転び八起きの人生を歩いてきた。哀しいことや辛いことがなかった筈がない。でも、誰かの地に何かが起これば、声を掛け合い無事を確認しあった。土地のものを送り合い、友の喜びを共に喜び、悲しみには一緒に涙を流し、誰もがすべてを乗り越えて生きてきた。

ヒナコたちが卒業した後、女子の大学や短大への進学率は徐々に伸び、平成時代の後半には五十%を超えた。そうして学歴社会が到来して女子大生は華やかに街中を闊歩するようになった。一方その華やかさの陰で、第三部はいつしか身を潜めていった。

しかし、ヒナコにとって、あの時代の仲間たちにとって、第三部の女工と学生の「時」が色褪せることはない。岐阜の街に預けたままの青春は、セピア色に変わるどころか時を重ねて更に輝きを増している。その誇りが揺らぐことはない。集えば、誰もが口にする。

—あの三年間があったから—

長良川添いの道を、それぞれが歩いてホテルに向かっていた。

ラーララーラ　ラーララ
ラーララーラ　ララララランララ
長良川のさざなみは『ドナウ川のさざなみ』のメロディを誘い、かつてけたたましさを生んでいたその曲は、穏やかにやさしくそれぞれの耳元で歌っていた。

主な参考文献

『追憶』　郡上会　山口やすの・福地紀美子
『卒業文集　巣立ち』（昭和46年3月卒業生）　郡上紡績株式会社
『愛深き道―片桐孝先生追悼文集―』　学校法人岐阜済美学院
『神と人とを愛して―岐阜済美学院物語』　和木康光著
『二十年の歩み』　学校法人聖徳学園
『短期大学部50年の歩み』　岐阜聖徳学園大学短期大学部
『社内報　郡上』No.3　No.4　郡上紡績株式会社　他

資料等提供

酒井田昭三、山口やすの、福地紀美子、馬場清子、古川鈴江、佐藤徳子、中平春子、
長尾ゆきえ、各氏

著　者　鶴《つる》賀《が》イチ
平成５年　北の児童文学賞　奨励賞「少女おけい」
平成29年　福島県文学賞　エッセイ・ノンフィクション部門正賞
　　　　　「恋するカレンダー」
平成30年　福島県文学賞　小説・ドラマ部門正賞
　　　　　「会津涙痕草ー会津藩精神の復興にかけた男のものがたり」
【著　書】
『少女おけい』『言の葉咲いた』『新島八重』『子どもの言葉と旅をして』
『恋するカレンダー』単著（歴史春秋社）
『福島の童話』　共著（リブリオ出版）
『ふくしま女の時代』『あなたはさとうひろしという一編の詩でした』
『会津女性の物語』『会津の雑学１』『会津の昔ばなし１～５』
『―会津美里町の学校教育史―　邑に不学の戸なく』『ふくしまの幽霊』
『会津藩と新選組』共に共著（歴史春秋社）他

表　紙・さしえ　佐々木《ささき》 美恵《よしえ》
現代美術家協会会員（現展）
NPO法人　日本渚の美術協会SDE（平成12年～平成20年）
【画　歴】
昭和44年　井上忠明氏師事し油絵を始める。
　　　　　グループ獏展・中部水彩協会展出品
昭和48年　武蔵野美術短大通信教育受講
昭和49年　浅利画法の幼児画指導教育の勉強、指導等
昭和50年　鹿児島市唐湊幼稚園、頴娃保育園に勤務・絵画指導
昭和63年　浜田山美術研究所にて再度油絵を学ぶ
平成元年　吉野廣行氏の勧めで現展出品
平成９年　現展会友、準会員を経て会員として推挙
　　　　　以後、都内美術館、ギャラリー、銀座の画廊などでのグループ
　　　　　展に出品
　　　　　シーボーンアート展
平成23年　鹿児島「ギャラリー彩」にて初個展
平成25年　日本におけるイタリア「ITALIA IN GIPPONE」参加出品
平成30年　現展PARISに参加出品
　　　　　※東京都立美術館、新国立美術館に毎年出品

第三部物語

2023年4月12日　初版発行

著　者　鶴賀 イチ

発行者　阿部 隆一

発行所　歴史春秋出版株式会社
〒965-0842　福島県会津若松市門田町中野大道東8-1
電話　0242-26-6567

印　刷　北日本印刷株式会社

JASRAC 出 2301409-301

Printed in Japan ISBN 978-4-86762-018-2